王国

その1　アンドロメダ・ハイツ

アンドロメダ・ハイツ

僕らは山腹にわが家を建てている
そこは雲の上　空のとなり
この骨折り仕事が終わったら星が隣人だ
僕らは星たちといっしょに宇宙に住む

コンクリートや漆喰《しっくい》や木材は使わない
そんなものは新しい隣近所の品位を汚《けが》すだけ
モルタルは歳月を経て手入れをおこたれば崩れる
僕らは愛と尊敬の土台の上にわが家を築くんだ
そして家が建ったらアンドロメダ・ハイツと呼ぼう
家が建ったらアンドロメダ・ハイツと呼ぼう
家が建ったらアンドロメダ・ハイツと呼ぼう

僕らは山腹にわが家を建てている
そこは雲の上　空のとなり
僕らの野心的な計画はいろんな願望の青写真
それは現実になる　そしてそうなったら――

谷の住人たちが家を見あげて言うだろう
〝ついにやったな　泊まりにいっていいかい〟
皮肉屋たちも舌を巻いてこう言う〝実のところ
ただの住所でしかないと思っていたよ
だけど　こいつはまさにアンドロメダ・ハイツだ
こいつはまさにアンドロメダ・ハイツだ
こいつはまさにアンドロメダ・ハイツだ〟

僕らは山腹にわが家を建てている
そこは雲の上　空のとなり
この骨折り仕事が終わったら星が隣人だ
僕らは星たちといっしょに宇宙に住む

航空券の手配を電話で確認し、買い物リストのチェックをしていたらついに涙がこぼれてしまった。もうすぐ、楓《かえで》はフィレンツェに旅立ってしまい、少なくとも半年は帰ってこない。もしかしたら一年かもしれない。もっとかもしれない。

切なくて苦しくて、どうしようもなかった。つらい瞬間は今この時だけだとわかっていたから、私の感情はまるで生き物のようにますます暴れだした。

もうこの机にすわって、このカップでお茶を飲みながら楓の声に耳を傾けて集中し、思考をひとつに溶け合わせることはないと思うだけで泣けてきた。いい仕事をしたあとはいつもこういう気持ちになる。だからきっといいことなのだ、と私は自分に言い聞かせた。

楓が発した言葉をテープに録音しながら自分でも書きとめているとき私はとにかく必死で、だからこそいっしょに見知らぬ世界へ旅をすることができた。

彼の頭の中の、どことも言えないその空間……そこは暖かくも寒くもなく、不幸でも幸福でもなくて、ただ流れだけがある世界だった。そこに入ったとたんこの世から意識は離れ、なにもかもが中和されてなだらかになるような気がした。楓の頭の中はいつでもとても静かで落ち着いていて、整理整頓《せいとん》されていて、誠実だった。もしかしたらそういう個性こそが人をその人の限界にしばりつけているのかもしれない、でも、それでも彼の考え方のくせみたいなものは、私にとっては心地よく感じられた。

そして彼のいちばんすばらしいところは、自分の思いこみやお説教を語ることが一度もなかったことだった。

わずかに冷静さが乱れ情熱があふれだすことがあるとすると、それはいつでも人間というものや生きている動物や植物やこの世の全《すべ》てのものに対する、断固とした愛情について語る時だけだった。彼の思い出の中のやりきれなかったできごとや美しいこと。私は、聞き書きをしながら、また自分の部屋でテープを起こしながら、何回もくりかえしそのことを知った。

まるで最後のところで落ちていく何かをぐっと受け止めるように、彼はいつでも自分以外のもののために存在していた。

それでもその受け止める力は皿ではなく、どんなに目がつまっていてもしょせんざるにすぎなかった。それがわかっているからこそ、彼はこの世にいてちっぽけなこの町のかたすみで働き続けていくのだろう、と私は思った。そのざるがざるであることは永久に変わらず、生きている間に皿に進化することはたぶんない、でもいつかそうなることもあるかもしれないという希望は決して捨てずに、日々少しでも目を細かくしていくのだ。

いつもの椅子《いす》に座っているだけで、私の感情はすぐに思い出の中をさまよいはじめる。

玄関に来たお客さんをこの、古い家具に囲まれた部屋に、遠く街を見おろす窓からは午後の陽射《ひざ》しが明るく入ってくる、何よりもとても気持ちが落ち着く心地よい場所に導いて紅茶を入れることも当分ない。この家の中で、私には確かな居場所があった。夢中で働いているうちにいつのまにか身に付いた合理的な動きがあった。

そしてテープを起こしてまた読み上げて、まとめて、またインタビューをして……そういうくり返しで作り上げた原稿はすっかり完成し、出版社の人があとで取りに来ることになっている。お茶を入れて、いただいたお菓子を出して、原稿を渡して、玄関で見送る……きっとそうなるだろう。そしてひとつの区切りが終わってしまう。すっかり終わってしまう。

楓は視力があまりないし、午後の室内にさんさんと降り注いでいる光が目に悪いからとサングラスをかけているので、きっと気づかないだろう……と思って涙も鼻水も流れるままにしていた。音を出したらわかってしまうと思ったのだ。でも彼はものすごく勘がいいから、私の悲しい気持ちの波が部屋を覆《おお》っていることにはとっくの昔に気づいている。

「なんだよ雫石《しずくいし》、泣いてるの？」

楓はずけずけとそう言った。普通少しは気をつかって知らないふりをしてくれるものだけど、と私は思った。

いつも彼は窓辺にすわって、まるではっきりと見えるかのように顔をこちらに動かす。サングラスの下にはこわいくらい鋭い光を放つ薄い色の瞳《ひとみ》がある。

「いいえ。」

私はものすごい鼻声で、きっぱりとそう言った。そう言われたら誰だって、何も言い返せないだろう。そう思ったのだ。

「もしかして俺のことが好きなの?」

彼は意外にも優しい声でそう言った。

私は彼の思いこみがおかしくて、泣き笑いをした。

「やめて、楓みたいな人にそんなことを言われると、もしかしてそうなのかなと思っちゃうじゃない。」

私は言った。

「私には好きな人がいるよ。ただ、ここを離れるのが悲しいだけ。この仕事が終わるのが淋《さび》しいだけだよ。」

私は言った。

「俺、どうしても女の人の体に興味がもてないんだよ。」

彼は私の答えなんて全然聞いていない感じで言った。

「知ってるよ。だから！　いったいだれがあんたを好きって言ったよ。」

私は言った。

「ただ、いつだって時間の流れがとても悲しいだけ。」

「ありがとう、おかげで本が完成した。」

と彼は言った。よく見えない目で私をしっかりと見つめてあたたかい響きを声にこめて言った。

その心のこもった口調は、時の流れを惜しむ私の胸にはさようならと同じように響いた。深く、柔らかく響く声だった。私はその声の思い出を宝にしよう、そしてどこへ行っても力が必要なときに思い出すようにしよう。そう思った。

これは、私と楓をめぐる、長く、くだらなく、なんということのない物語のはじまりだ。童話よりも幼く、寓話《ぐうわ》にしては教訓が得られない。愚かな人間の営みと、おかしな角度から見たこの世界と。

つまりはちょっとゆがんだおとぎ話だ。

それでもそういう話の中にはちょっといいところがある。

そして本気でそれしかしようがない人達がいれば、世界は不思議な形でふところを開いてくれるものだ。

たいていの毎日はなんということなく過ぎていくが、その中にいろいろなつながりがあって、朝の光につやめく蜘蛛《くも》の糸のように、最後には美しい形を見せることがあるからだ。

その中にはひからびた虫だとか、一見醜く見えるものもたくさんある。でも、そこにあらわれたものはきっと、大きな大きな目で見れば、全てがすばらしいもの、かけがえのないものなのだ。

楓と私は、たとえて言えば……ホームズとワトソン？　御手洗《みたらい》と石岡？　カケルとナディア？　このあいだ近所の居酒屋のTVでたまたま観《み》たあの教授とマジシャンの女の子？　そう、この世には似たような設定が永遠のスタンダードとしてたくさん存在するけれど、どうもぴったりくるものがない。

いちばんぴんと来たのは「Xファイル」のモルダーとスカリーだ。

私は長く世間を離れて暮らしていたので、ほとんど何も知らないけれど、あの番組は楓のところにたまに来る外国の人とやりとりするために、英語の勉強になると思って借りてきて必死で見たので知っているのだ。なんと言っても出てくる特殊な用語が、たとえば円盤だとか幽霊だとか残留思念だとか分身だとか、そういうのが楓のところの仕事にとても役立つのでためになった。

本当に私は世間しらずで、私の知識はものすごくかたよっている。

それでも私は楓のところで働くようになって、前よりもずっと、いろいろなことを考えたり学んだりすることができるようになった。

少し前は失ったものを嘆いてばかりいたが、今となってはなにも失ってなんかいなかったことがなんとなくわかる。

自分の体と心と魂、それを持ってさえいれば、欠けるものはいつでもなにひとつなくて、どこにいようと同じ分量の何かがちゃんと目の前にあるようなしくみになっているのだ。もしそう感じられないのであれば、それは本人の問題に過ぎない。

そういうわけで、私と楓はこの世のXファイルを次々に中途半端《はんぱ》にではあってても解決し、永遠に解けない謎《なぞ》の、そびえたつ高峰にとりついては登り続けるだけの人生を選び、絆《きずな》を強めていくパートナーだ。ふたりは結婚することもセックスすることもなく、ただ命をかける覚悟だけを持ってこの世の秘密の中にいっしょに入っていく。私たちの毎日は本物の「Xファイル」にくらべればまあずいぶんとゆるいものだが、そんなようなものだった。

使命感ももちろんなくはないのだが、じつのところ他の人生を選べなくてそこに流れついてしまったから仕方なく一生懸命毎日に参加しているだけなのだ。

しかし、その宙ぶらりんな人生の幸せは言葉につくしがたい。

そして、もうひとつ、私には本当はわかっている。

これは、守られている女の子の生き方の物語だ。

身内の愛情に、そして目に見えない存在に、それから育った土地のエネルギーに、今まで与えた分の感謝の気持ちに……何重にも、虹《にじ》の輪のように、私のまわりには愛情の輪がある。

どこまでもいつまでも大きなものに守られて生きていく、たとえたまにそれを忘れて傲慢《ごうまん》な気持ちになることがあっても、ひとりで生きているような気持ちで暴走しても、それさえも包んでいる何かがある。本人は孤独を感じたり悲しみや試練に大騒ぎしてじたばたといろいろな感情を味わっているが、大きな大きな目で見れば、実はいつでも守られている。

守られながら世界をじっとみつめる、神様から見ればいくつになっても幼いある女の子、その目で見つめたちっぽけな、でもすべてが新鮮に輝く世界。そういう小さな物語だ。

私の名前は雫石という。

おじいちゃんが好きでよく栽培していたサボテンの種類から取った名前だという。

私はつい最近まで、ふもとから歩いて二時間、車が通ることのできる道のない場所にある小さな山小屋でおばあちゃんとふたりきりで暮らし、仕事の手伝いをしていた。

私に両親はいないが、事情は知らないし知りたくもない。いろいろな話を総合すると、おばあちゃんが私の本当の祖母であることには間違いがないと思われた。しかし私はおばあちゃんの過去もよくは知らない。何回か結婚していたことがあるということだけだ。おばあちゃんは美人だからいつでもえらくもてたらしい。

とにかくおばあちゃんは薬草茶をつくる名手で、私はたったひとりの肉親であるおばあちゃんを人前では先生、と呼んでいた。私は小さい頃からきっちりとしこまれた、おばあちゃんの有能なアシスタントだったのだ。

おばあちゃんのお茶はとても有名で、山深いところに住んでいたのにひきもきらずにお客さんがやってきた。そしてまだ若く見えて、私の母親と言ってもとおるほどだった。もしかしたら、おばあちゃんは本当は私の母親なのかもしれないし、違うのかもしれない。

おばあちゃんはなぜだかいつでも金色に光って見えた。

おばあちゃんの調子の悪い時を見たことがない。いつでも体調がよさそうで、ほっぺたがつやつやしていた。やせていたが山歩きで鍛えていたせいか筋肉がしっかりついていて、姿勢もすごくよかった。そしていつでもなにかあたたかいものを発散していて、いるだけで人を安心させた。

車に乗ってくねくねした道を延々走り、さらに歩いてやっと店にたどりついてもう口もきけないくらいに疲れ果てた人達でも、おばあちゃんに会ってお茶を飲んでしばらく話すと、顔が輝くようになる。

おばあちゃんは医者でないから診断も治療もしないのだが、みんな診察を終えたみたいなほっとした顔で帰っていく。行きは急いであわただしかった人でも、帰るときには顔がふにゃっとゆるんで「ここまで来たんだからふもとの温泉に一泊していこうか」などと言い始める。それがきっとおばあちゃんの診察であり、治療だったのだろう。

　おばあちゃんの配合するお茶には、特に変わった成分が入っているわけではないのに、なぜかものすごく効果があった。

　私は、たぶんおばあちゃん本体に何か人を癒《いや》してしまう力があるのではないかと今でも思っている。私でさえ、おばあちゃんの近くにいると体がびりびりするような強いものを感じていたからだ。それは子供の頃に戻ってしまったような、体の軽さや暖かさ、そして時間がうんと長くてその粒々がいくらでも、きゅうきゅうにつまっているような感じに似ていた。目の前のぼんやりしていた空間がぐんと近くに感じられ、腹の底から力が湧《わ》いてくるのだ。その感じをいちばんリアルに表す言葉は「自由」だ。

おばあちゃんはいつでも、自分は何もしていないと言った。

「ただ、お話ししているとその人の体の悪いところがわかるから、そこに力を送るようなお茶を作るだけだよ、治すのは自分なんだけれど、そのことをみんな忘れてしまっているから、その力をひきだすためのきっかけをお茶が作るんだよ。このお茶を飲むときだけ、本も読まないで、TVも見ないで、ただお茶だけを飲んでしばらくじっとしていてもらうんだけれど、その人はお茶を飲むたびに、遠くの山奥にいるおばあさんが、自分の病気が治るようにかけねなく思っていることを思い出すんだ。それが、治癒への第一歩なんだよ。ただし、神様の決めた寿命がもうつきてしまっている人は別なの。そういう人には、ただ痛みが減って、病院の薬の副作用が減って、心の苦しみが少なくなるようなお茶を作るの。お茶だったら、病院に入院中でも、手術の後でも、いくら飲んでもそんなにうるさく言われることはないからね。」

おばあちゃんのお茶は、時には奇跡的に難病を治すこともあれば、単なる健康のためのお茶であることもあった。お茶をお風呂《ふろ》に入れて入浴剤にしなさいと言うこともあった。

そして一番すごいと私が思っていたことは、そのお茶が飲んだ人を裁くことがないお茶だったということだ。半信半疑で飲んだ人にも、何のお茶か知らないで飲んだ赤ん坊にも、犬とか猫でも、効く場合はちゃんと効いたし、効かない場合でも単なる健康茶としてちゃんと機能した。

そのお茶の働く本当の仕組みはおばあちゃんにもわからなかった。

「じゃあ、植物が育ち、人間のすり傷が治っていくしくみの、本当の本当の理由を誰がちゃんと説明できるの？　ＴＶ番組でも本でも、私を納得させてくれるものを見たことはないよ。私はただ茶を売るだけのおばあさんだよ。それ以上を期待してきてもだめなんだよ。責任はとれない、責任は本人だけにあるの。ただ、せっかく縁があって会った人が困っているなら、調子がよくなるくらいのことはしてあげたいからね。」

それがおばあちゃんの理屈だった。

お客さんが来て、どこが悪いとかどういうお茶がほしいとか言うと、その要求の重さとは関係なく、おばあちゃんはちょっと目を閉じて考えてから、私に草の番号を告げる。私は幾百もの瓶からそれを選び出し、おばあちゃんの言うとおりの配合にして、きれいにパックして、それを持っていく。人によって全部そのお茶の内容は違ったが、いつでも熊笹《くまざさ》をベースにしていて、あとの材料もみんな山の中でとれるものばかりだった。干せば干すほど効き目が強くなるものもあれば、香りが強いうちに使い切らないといけないものもあった。それをおぼえながら私は育ってきたのだった。

だから熊笹の苦くて少し甘くて澄んだ墨のような香りは、私にとっておばあちゃんの香りだ。私は、おばあちゃんといて、ずっととてもとても幸せだった。その幸せはぽわんと甘いものではなくて、一分一秒を生きている、そして全《すべ》てがどんどん意外な展開で流れていく、だから面白くてしかたない、そういう幸せだった。なにもかもがちょっと目を離すといちばんすてきなところをもう終えてしまっているので、いつでも舞台の前にいる人みたいにどきどきしていなくてはいけない、そういう楽しさだった。

それからお茶は、売るためにではなくて、きれいなパックにして美しく丁寧に包むことがとても大切だと私はおばあちゃんにたたきこまれた。それは儀式であり、茶とそれを開けて飲む人間の両方に、あるきりっとした心構えを作るのだという。人だけではなくて茶の方にもそれをわかってもらうというのが、おばあちゃんの哲学の神髄だったと思う。だからまだ幼くて手先が器用でなかった私が不細工な包みを作ったりすると、おばあちゃんはやんわりと、しかしきっぱりとそれをなおさせたものだった。

私とおばあちゃんはたいがい毎朝五時に起きて、薬草をつみにいった。午前中はそれをかわかしたり、刻んだり、特別なわき水と太陽の光の中で抽出したりすることに費やされ、午後はお茶を買いに来る人に対応した。

そのぼろぼろの店では、どんなにお客さんが来てもどんなに手間をかけたお茶でも一律二千円しかとらなかったので、生活はまずしかった。

でもただおばあちゃんに会いに来るだけの人なんかがみんなあれこれと差し入れを持ってきてくれるので、食べるものに困ったことはなかった。近所の猟師さんがいのししやうさぎなどを持ってきてくれることもあったし、川魚もたくさん採れた。春はすごしやすく様々な植物の新芽が採れたし、夏は涼しかったし、秋は実を採るのに忙しく、冬は寒かったけれど暖炉のためにいつでも近所の猟師さんが薪割《まきわ》りをしに来てくれた。だからいつでも足りないと思うことがなく、とても豊かな暮らしだった。

そして壁には日本中から寄せられた、感謝の言葉を書いたはがきや手紙がたくさん貼《は》ってあった。多少きついときでもそれを見ると、それを書いた人々の笑顔を思い出すと、今日もがんばるのが当然だと素直に思えた。

自分が何かしてあげている気になったときがおしまいのときだ、とおばあちゃんはいつも言っていた。

「神様が、何かをしたくてもあっちには言葉がないから伝えられないでしょう？だから私みたいな人が代理で働いているだけで、私が何かをしているわけではないんだよ。そしてすべての仕事は本来そういうものなんだよ。」

おばあちゃんの、そのことに関する意志は強固だった。あちこちから商品化の申し込みが来たが、断固として断っていた。そして買っていった人達が成分を調べても、何も変わったものは入っていない。どくだみとか、笹とか、山のキノコだとか、蕗《ふき》とか柿《かき》とか、あけびだとか、アロエだとか、桑だとか、桃の葉とかまたたびだとか、とにかく四季折々にすぐそのへんにある、そんなものばっかりだった。それでもおばあちゃんと同じお茶を作ることができる人は誰もいなかった。

皮肉な賢さをもっているおばあちゃんは、大会社からたびたび送られてくる「ふるさとのおばあちゃんが作る奇跡の薬草茶」とかいう企画書を見ては、げらげら笑っていた。「あったかいぬくもりだってさ、自然の恵みだってさ」と腹を抱えて笑っていた。

おばあちゃんは、神様からもらったものをそれに見合わないほどのお金に変えようとする人達を心底軽蔑《けいべつ》していた。その金は天国にまで持っていけるのか？　とよく言っていた。それでも、人がいるところには必ず、最低のものもあるけれど最高のものもある。お金をかせごうとする人にも必ず自然の摂理にかなう意図を持った人はいるはずだ、まだ出会っていないだけなのだ、とおばあちゃんはいつも言っていた。そして毎回失望した。

私はおばあちゃんのことをちょっと極端すぎるんじゃないかなとは思ったけれど、それがおばあちゃんのプライドなのだろうし、生涯を捧《ささ》げた仕事への思いなのだろうと思っていた。いずれにしても質が落ちるし土が変わるとバランスも変わると思ったから、この山を買い取って大きな薬草園を作るというような話には賛成しかねた。もともと植わっているものをどうして作りかえなくてはいけないのかもよくわからない。たくさん採るためとその人は言っていたが、同じ場所から同じものをたくさん採れば薄くなる、私にさえわかっているそんなことがどうしてわからないのだろう、と不思議に思った。

そしてそういう申し出をしてくる場合、不思議なことに大きな会社のほうが、小金持ちよりもまだましだということにびっくりした。小金持ちというものは、胃袋の中にまでお金がつまっているような感じにぎらぎらしていて、ばばあと小娘のふたりぐらしと見るとすぐにだまそうとして、やたらに粗悪な企画を持ってくるのだった。

「ここまで来るのにどれだけ文句を言いながら来たかな、スーツなんて着て山道を登ってきて。」

「どうせ来るなら、いつかあんなふうに山を登って、すごくかっこいい王子様みたいなお金持ちの人が来るといいなあ、そして完璧《かんぺき》にこの生活を理解してくれて、資金の援助をしてくれて、おばあちゃんを大切に思ってくれて、その人と私は結婚するの。」

「そんな人はお茶でもうけようとは思わないよ。」

なんて冗談をよくおばあちゃんと言い合った。そして、私が山にいるあいだに王子様が来ることもついになかった。

しかし病気の人の謙虚な気持ちに普段接している私たちからしたら、健康な人がカネカネとなんでも金に換算したがるあの雰囲気は本当に悪い冗談みたいに思えた。株や証券で生活している職業ならともかく、そうでもないのに、まず出すものが企画書と計算機なのだから、いつも本当にびっくりしてしまった。きっとあれはあれで、お金でしか何も交換できない生活に慣れてしまったからなってしまう病気のようなものなのだろう。その人達はどうもみんな同じような「人に気に入られる本」か何かを読んでいるらしくて、みんな言葉使いも笑顔も売り込みの感じも同じだった。そういう種族がいるのだなあと私は思っていた。そういう種族と心開いて毎回交流して、決裂してそれぞれの家に帰っていく、それだけのことだった。

山の生活はそういったことに比べると、自然がわくをつくってくれるのでおだやかだった。一日が終わると簡単な食事を作り、ふたりで食べた。あんまり観《み》なかったしチャンネルも少ないけれどＴＶもあったし、ビデオで映画を観ることもできたし、おばあちゃんは音楽を聴くのが好きだったから大きなステレオもあった。さらにはインターネットもできたから、世の中から隔絶されているという不安感はほとんどなかった。

ただ不思議なことに山道のあるところから、急に空気が変わってきりっと透明になり、音が静かになる地点があった。

どんなところでもきっと同じだと思う。人のいる村や町から、どんどん山道を入っていくと、ある地点からきっぱりと世界が変わるのだ。きっと世界中どの場所でも、人の世界と山の世界には透明な、しかしはっきりとした境界線があるのだと思う。山の世界に突入すると、自然のルールが人のルールにとってかわるようになっている。

私たちが住んでいたのはその境界線を越えたところだったから、きっとあんなに心静かに、まどわされずに暮らせたのだろう。

おばあちゃんが自分の部屋に寝に行ってから、片づけを終えた私はよく、そっと外に出て夜空を見上げた。

熊はいなかったが、たまにいのししはがさごそ音をたてていたし、狸《たぬき》やいたちなんかもいた。それでもそういう生き物たちと夜中にそこで顔を合わせることはめったになかった。林の中に入っていかなければまむしに会うこともなかった。私はその家の前の薪割りをするための開かれた空間で、ただ誰もいない、自分だけの世界にすっとなじんでいった。

夜がどれだけ暗くて深いか、家の明かりがどれほど頼もしいか、私はいつも不思議に思った。昼間と同じ山なのに、夜にはすっかり違う世界になってしまう。

雪はほとんど降らなかったが、きっと大雪が降るというのも夜がやってくるのと同じようなことなのだろう、と私は思っていた。

全く違うものが世界を覆《おお》ってしまう。違うリアリティが出現して、世界の色がぐわっと濃くなり、今まで隠れていたものが全て闇《やみ》の中にさまよい出す。その変化には、たとえ毎日そこで暮らしていても、絶対に慣れることはない。あまりの違いように私は毎日いちいち驚いては、おびえた。闇の色が体にしみてくる気がした。考えることまで夜になるとまるっきり変わってしまう。深く際《きわ》だち、孤独の色を帯びてくる。

そして夜は特別空気が澄んでいて、星は尖《とが》った光を発しながらにじむように広がっていた。肺に冷たいきれいな空気が痛いほど入ってきて、そのたびにおそろしいような生き生きしたような感触があった。

山影が覆い被《かぶ》さるように、霧にかすんだように闇の中で連なっていた。

夜はいつもなんとなく湿っていて、空気が澄んでいて、濃い緑の匂《にお》いがした。濡《ぬ》れたような光をたたえて大きく揺れる枝の音。つやつやと光る土の色。こんもりとしたシルエット。

ここは私の山、植物について、細かいけもの道に関して、動物や昆虫や蛇やキノコに関してほとんど全てを知り尽くしても、まだ未知のものがたくさん潜んでいる神秘的な世界。それでも。

淋《さび》しさはやがて切望に変わっていった。

いつか山を降りて、広い世界に出ていこうと。そして友達を見つけようと。

それは二年ほど前、私が十八歳になった時に現実となった。

山に開発の手が伸びてきてふもとのほうで工事が始まったら、ある日突然全てのバランスが崩れたのだった。生えているはずの場所に草が生えなくなり、おばあちゃんの言うには薬効も薄れてきた。植物というものはお互いに毎瞬デリケートに連絡を取り合っているから、もしもふもとの方で不安なことが起こったらそれが山中に伝わって、不安な人間が出すのと同じような有毒な物質を出すことさえあるとおばあちゃんは考えていた。

「雫石、あんたは山を降りなさい。おばあちゃんは日本を離れて男の人と同棲《どうせい》することにしたから。」

とある日おばあちゃんは言った。

「ええ？　誰と？」

私は寝耳に水の驚きで聞き返した。

「ネットで文通している六十二歳の日本人男性がマルタ島にいるのよ。奥さんを亡《な》くして五年になるんですって。こっちにこないかと誘われたのでそこに住むことにしたわ。」

ちょっと恥ずかしそうにおばあちゃんは言った。

「おばあちゃん、なんでおばあさんのくせに、ネットで文通して彼氏を作ったりしてるの？　出会い系？　メル友？」

遠方に住むお金持ちで足が悪く、自分ではなかなか来られないお客さんが、お茶を注文したいがためにパソコンを買ってくれたのは二、三年前のことだった。説明をする人と一緒にパソコンはやってきた。そういう感じで数人の、自分では来ることのできない人におばあちゃんは細かく質問をして、お茶を送ってあげていた。そんな時のおばあちゃんは、お客さんが目の前にいるかのように集中して、夜にディスプレイの前で目を閉じては、ノートに何か書き付けていた。時代は変わったが、人のすることは同じだ。

それはそれまで想像したこともない不思議な光景だったが、大好きな眺めだった。そして朝になると、おばあちゃんと私はお茶の小包を作っては郵便屋さんが来るのを待つのだった。

台所のわきのおばあちゃんの机は、医者で言うと診察室の机だ。そこに座っているときおばあちゃんの背筋はすっと伸び、この世のより美しいものや野蛮なものとぐっと太い道でつながっているように見えた。窓辺の小さなランプに照らされている顔はまるで仏像みたいに静かだった。

しかしまさかそんな生活の中、机の上のパソコンを通じてラブレターまで交わしあっていたとは驚きだった。

「……何人かそういう男友達がいるのは知っていたけれど。」

私はびっくりしてそう言った。おばあちゃんは微笑《ほほえ》んで答えた。

「そうよ、園芸のサイトで知り合ったんだよ。そうしたらすごく気があって、お互いに必要としているようだし、私も女としてもうひと花咲かせようかなって思って。彼は向こうで英会話学校を経営しているんですって。変わった植物もたくさんありそうだし、需要もありそうよ。あんたも連れて行きたいけど。」

「行ってもいいけど、おじゃまじゃない？　数年おばあちゃんが住んで、もしも慣れてその男の人と長続きしそうだったら、何回か遊びに行ってから決めるわ。」

「夏にでも英会話を習いにおいでよ。」

「うん、でも私もひとりぐらしをしてみたいし、進路もまだわからないし。でも茶を売るのはやっていきたいけど。」

「あんたにはもうほとんどのことを教えたけど、山の状況が変わってしまったからね。もう湧《わ》き水の質が変わってしまったから、どっちにしてもここでは今までのようないい仕事ができないよ。おばあちゃんはあっちで研究をするわ。あんたはどくだみとかよもぎとか、わかりやすくて採りやすいものを育てて、ちょっとしのいでいてよ。」

「山を壊した人達が憎い。だって、私たちの生活が終わってしまうもの。私たちは何もしていないのに。」

私は言った。

山はいつもこちらに何もかも与えてくれたのに、人間はそんなことを謙虚に受け止めようともしない。

もしも植物がなくなったら、人々は大好きな肉さえ食べられなくなる。陽射《ひざ》しさえ、もう浴びることができなくなる。酸素もなくなる。ちょっとだけください、と言っていた時代はとうに過ぎ去り、今や人間はおかわりを遠慮しない居候《いそうろう》のようなずうずうしさだ。

山ではどんな小さなものも必ず何か仕事を持って生まれてきていた。そしてものすごく複雑な仕組みで補い合って生きていた。

それを見ると人間が言葉をつかってあれこれ考えていることなんて、趣味程度にしか思えないほどだった。その、感嘆する気持ちや畏怖《いふ》の気持ちは、おのずと自分を謙虚にさせた。

私はなるべく自分の影を、たとえそれがエネルギーの発した道筋であっても、のこさないですっと行動するようになった。それでもきっと山の鋭敏な空気の中では、なめくじの通った後が光るように、私の痕跡《こんせき》がのこってしまうのだと感じた。だから私は植物を擬人化することはなかった。ただ、別の生き物がそこにいる、そういうふうにとらえていた。

川の流れをせきとめたり少し変えただけで、山は致命的に変化した。きっとこれからまたこの山が落ち着いていくまで何十年もかかるだろう。

恋愛とか病気の治癒と同じで、ものごとは正しい時間をかけて、順当な道をたどって変えて行かなくては絶対に収まるところに落ち着くことはない。人だけが、それをはしょったり急いだりする。欲のために。だから、どんな宗教でもまず欲から取り組んでいくのだろうと私は思った。

薪《まき》に早く乾けとか、蜂《はち》に今すぐ巣の場所を移動してくれとか頼むことはできない。厳密に言うとほんとうはできるのだけれどもエネルギーが必要だし時間がかかる。

でもたまにおばあちゃんに会いに来る人達の中には、おばあちゃんは別に医者でもないのに、一晩の奇跡を要求する人もいる。輝くばかりに治って、明日にはすっかり昔の自分に戻っていることを期待する。そのためならお金をたくさん払うと言ったり、命をながらえたいと言っている割には「今晩中に帰らないと明日の仕事に間に合わない」なんてわけのわからないことを言っていることがある。

山を壊す人達の感じもそれにとてもよく似ている。

系統だててゆっくりと先々を考えて行動できないなんて、蜂よりも頭が悪いじゃないか、そう思って私はすっかり腹をたててしまった。

きっと底辺のつごうが上のほうに来るとどんどん大きな間違いにふくれあがってそんなことになってしまうのだ。みんな「山を壊すな」とはいちおう思っているのだから。間をとって結局山の外枠だけ残ったりして、命はすっかり減らされてしまう。

ＴＶで見ていると、外国ではそういうわけのわからない折衷案は行われないようだった。おばあちゃんはもうこういう日本がいやになってしまって、自然が多いまのところで暮らしたいんだなと、そしてそれについてあれこれ考えたくないんだと私は思った。

おばあちゃんは言った。

「ずっと変わらない生活なんて全然面白くないよ。」

私は「おお」と思って感動した。私はおばあさんになっても、そんなことを言うことができるだろうかと思ったのだ。そしてそうありたいと。おばあちゃんはその言葉が私の体の中にずしんと沈んだのをみはからって続けた。

「それにいつかきっと大きな意味で、うまくいく日も来るよ。人のいるところには必ず最低のものと同時に最高のものもあるの。憎むことにエネルギーを無駄使いしてはいけない。最高のものを探し続けなさい。流れに身をまかせて、謙虚でいなさい。そして、山に教わったことを大切にして、いつでも人々を助けなさい。憎しみは、無差別に雫石の細胞までも傷つけてしまう。」

いつもおばあちゃんが言っていることだったけれど、その時は本当に胸にしみた。やっと意味が理解できたのかもしれない。憎しみに憎しみを返すときは、そこまで降りて行かなくてはならない。そうするといつまでたっても同じ気持ちで生きている自分の仲間に会えなくなる。

そして私たちは山を降りた。

ありがとうとくりかえし、何回も振り向き、涙でにじんだ私のふるさとを後にした。

最後に川のところで、私は大きく深呼吸をした。いつまでも忘れないでいようと思った。いつも会う虫や、季節ごとにやってくる鳥たちのことや、腰かけた木のことや、土の匂いを。坂道の途中にちょろちょろと湧いているきれいな水の味を。シダや苔《こけ》の湿ってつやつやしてふかふかした感じを。

そうすればその縁は永遠になる。

おばあちゃんとの生活で刷り込まれた全《すべ》てを考えると、私が楓のアシスタントになったことは必然というよりももはや宿命とさえ思えてくる。

何もかもが奇妙に一致している。おばあちゃんも楓も人を救うために自分の人生を捧《ささ》げているが、それは個人を助けることを通して、人間全体のすばらしいことに目に見えない何かを加えていく試みであった。私はそれを手伝い、それを観察していられる位置にいることにいつでも生《い》き甲斐《がい》を感じた。

そう、人は自分が自分に刷り込んだそのものになってゆくのだと思う。

ちょうど一年前、楓のアシスタントになる前には、私は何ものでもなく、ただ、環境に慣れることに時間を費やしていた。

勉強になると思って、漢方薬屋の受付をしていたほかは、何の仕事もなかった。

そして漢方はすばらしかったがその道に進もうとは思えなかった。材料が輸入品だったり熱や圧力を加えられていることが多いので、どうしても途中で力が弱くなってしまっているのだ。それにいくつか、日本人の体には合わないように思えるものもあった。そういう問題を全部クリアにしている達人が絶対にいるとは思ったが、私の働いていたところはそこまでではなかった。

だいたい何よりも私には体が慣れるまでの戦いがあった。自然が少なくて見知らぬ人が多いところにいることで、絶え間ない頭痛が私を襲っていたのだ。

おばあちゃんのお茶でちょっとずつ体を整えながら、なんとかして木や土のない暮らしに慣れていった。都会に暮らすと便利で楽だと思うことはたくさんあったが、ただ昼が茫洋《ぼうよう》と、漠然と夜に移行していくのには本当に驚いた。人間は、あんなに夜が強く自分を打ちのめすのにおびえて、こんなふうに人工物を増やし、念の力でその急激な変化をぼやかしてしまったのだと思う。

こわさは確かに減ったが、そのぶん、人の心の中に闇は沈んで大きく育ったようだ。

私の住むアパートは鉄筋の四階だてで、私の部屋は一階。小さな庭があった。私はそこでおばあちゃんについていくために様々なサボテンを育てていた。

実際には日常というものはさほど幸福なものではないに決まっている。慣れない生活の細部が私をいらだたせ、なにごとも予定通りに満たされはしなかった。それでも私は幸せだった。

サボテンの甘い匂《にお》いのする花にはいつも虫が寄ってきて、殺虫剤がきらいな私は追い払ったり箸《はし》でつまんだり漢方の薬をまいたり植え替えをしたりして地道な時を過ごした。植え替えのために並んで根を乾かされている小さなサボテンたちを眺めていると、胸がいっぱいになるくらいかわいらしくたくましく、しっかり根付いてほしいと祈るような気持ちになって、私まで生まれ変わるような感じがした。そんなふうにふいに恩寵《おんちょう》のように、きれいな雲が空をその輝きでうめつくしたり、冷たい一杯の水ののどごしが全ての疲れを夢のように取り去ったり、土に種が混じっていたのか、どこかから飛んできたのか突然咲いた一輪のタンポポが金色に光って風に揺れたりしているのをよく飽かずに眺めたものだった。山を降りても、そうしたものとのつながりを保っていることによって、思っていたよりもずっとひんぱんに、私の日常はもと通りの至福に満たされるようになってきていた。

それでも、山にいる頃から、私はいつも人間とうまくいかなかった。人付き合いの距離というものが全くわからなかったし、唯一《ゆいいつ》私といつもいっしょにいてくれたおばあちゃんでさえもかなり言葉はきついし、いろいろな人を遠ざけて生きてきたので、その影響を受けているのもひとつの要因だったと思う。私の目はついつい見すぎてしまうのだ。その人が隠したいことまで。

その人たちがアパートの隣の部屋に越してきたとき、ものすごくいやな感じがした。

ねっとりとからみついてくる、雨の降る前の空気、気圧がどんどん下がってくるときのあのちょっと頭がしめつけられるような感じが湿った布のように私を覆《おお》ったのだ。そしてなんとはなしにいやな予感もした。このままだとろくでもないことが起こるのではないか、そういう気持ちだった。

もちろんそれは何も神がかったことではなく、あの人たちを見たら誰でもいい感じはしないだろう。

楓のところで働き出す直前、私の頭はそうした悩みでいっぱいだった。

となりの部屋が空き部屋になって一ヶ月目にあわただしく引っ越しのトラックがやってきた。挨拶《あいさつ》に来たのはみすぼらしいおばさんだった。

本当はさほどの歳《とし》でもないのに、すごく老《ふ》けて見えた。笑うと口元が曲がって、汚れた歯が見えた。胃の手術をしたばかりで……と、聞いてもいないのに彼女は前かがみなことのいいわけをした。そしてビニール袋に入った真っ黄色のタオルを私にくれた。

言いたくはないが、心が汚《けが》れている人の持ち物は、たとえ清潔でも不潔に見えることが多い。なんとなくねばねばしているような気がする。

私はぼんやりとそれを受け取った。彼女には何か、人をぼんやりとさせてしまうところがあった。なんだかじっと見てはいけないような気がして、心が勝手にそれていってしまうのだ。

息子とふたり暮らしなんです、と彼女は言った。が、後日見かけたその息子という人は、誰が見ても息子なんかではなかった。ものすごく若い愛人かひもか。あれほど下品な男の人をなかなか見ることはない。いやらしい目で見る、とか下着を盗む、とかしてくれたらどんなにかよかっただろう、わかりやすくて。

しかし、彼の持つ下品さは、ちょうどどぶ川にたくさんごみがたまってくさっているのを見てしまった時のような、やりきれなさを私にもたらした。なんだか臭い匂いまでするのだ。コロンと、体臭と、酒臭さなどが混じって発酵したような匂い。彼らが歩いた後を通ると気持ちが悪くなるので、私は彼らをさけるようになった。

しかも彼らの体臭には、化学薬品特有の匂いがかすかに混じっていた。きっと覚《かく》醒剤《せいざい》かなにかだ、と私は思い、あの常軌を逸したけんかのしかたの理由はそこにあるのではないか、と思った。

自分の受けてきた教育の道筋をじっくりと考えてみたが、私の中に差別の意識はないはずだった。

山にはもっとすごい病気の人も来たし、顔が半分溶けたような人とか、体が不思議にねじれている人とか、すごく小さい人とか、たくさん来た。でもそういう人達ははじめちょっとびっくりしても、すぐに慣れた。家族もみんな慣れていたし、本人も慣れていたから、びっくりもそう長くは続かないものだった。

でもそういうこととは違って、彼らにはただただ内側からじわっとにじみでてくる不快さがあった。都会ならではの人種かもしれなかった。

別に彼らが特に異常な外見をしていたり、よくは知らなかったが特に変わった職業についていたとは思えなかった。同じ建物の中には水商売の若い女の子もいたし、スナックのバーテンさんもいた。そしてみんなももちろん、そのカップルを嫌っていた。悪いと思うけど、なんだか会うと気持ちが暗くなる、と立ち話でその人たちは同じような気持ちを表現した。

みんなが同じ感じを抱いているというだけで、私は安心だった。自分だけがこのいい知れないいやな感じを持っているのではないとわかっただけで、かなり力がついた。だいたい彼らはくさくてくさくてたまらないのだ。「なにこのくささは！」と彼らが通った後思わず口に出して言いたくなった。

私は庭にさえあまり出なくなった。ちょっとでも窓を開けると、その人たちの匂いがしてくるし、ものすごい言い争いが聞こえてきてしまうのだ。ちょうど冬になろうとしていたので、草木の手入れは最小限で済んだ。毎日私は引っ越しを考えていた。そのくらい、隣から来る妙な圧迫感は耐え難いものだったし、春になったら日がな一日庭にすわって、思う存分植物を見たかった。それが私の都会での健康法だったからだ。

ある日、私は近所の居酒屋でTVを観《み》ながら、いつものように「引っ越したい」とくだをまいていた。

「ママ、どうしたらお金が早くたまるでしょう、何かいい仕事はありませんか？」

私は言った。そこのご主人と奥さんに私はよくごはんを安くごちそうになっていた。考えられないくらいいい人達だった。来るお客さんも、感じのいい人が多かった。ひとりで飲みに来ている私がたまに客にからまれると、親のように守ってくれた。


ああ、お父さんとお母さんというものがもしもいるとしたら、こういう感じかもしれないなと私はいつも思った。お父さんの調子にのりやすい態度と力強い肩。お母さんの、ぐちっぽくそれでも暖かい口調。そして何があっても彼らの下にいればとても暖かい。二人は男と女で、おばあちゃんよりも若くて間違いだらけで、かけねなく優しくて、なんだか勢いがあった。ふたりといると少しだけこの世の寒さを忘れていられるし、こういうことがずっと続くと錯覚していられる。

それはちょうど山の中に住んでいるとき、私が山に感じたのと少し似た感じだった。大きく包まれているような感じだった。

私はたまに、そこの家の息子がランドセルを背負って「ただいま」と帰ってくるのに嫉妬《しっと》さえおぼえた。うらやましい、あんなに無造作にこの家の子供でいられて、まだまだお父さんとお母さんといっしょに暮らしていけるなんて。

「そういえば、あんたみたいな変わった人を知ってるわよ、町はずれに住んでる、占い師さん。目があまりよくなくて、アシスタントを捜してるって誰か言ってたな。ちょっといい男なんで女の子がたくさん応募したんだけど、面接がとてもきびしくって、みんな落ちてしまうんだってさ。」

それを聞いたとき、これだ、と私は思った。持っていた焼酎《しょうちゅう》のグラスを握りつぶしてしまいそうなくらい、あせりが私を満たしていった。早く行かなくては、そこへ。こんなことをしている場合じゃない、と私は思った。その瞬間、引っ越しとかお金とかのことはすっかり忘れていた。

「そこに行ってみます、そこはどこですか？」

私は言った。

「雫石ちゃん、今、いい男、っていうところによほどピンときたんだねえ。」

とかわいそうなものを見るような目で、奥さんは言った。

「おまえ、それが独身の娘さんっていうもんなんだよ。」

ご主人が奥さんをたしなめた。

ふたりはわざわざ近所の人に電話で聞いて、私にその占い師さんの連絡先を教えてくれた。

実は、この町の人は何か悩み事があるとそこに行くという。みんながみんな楽しい話で行くわけではないからそのことは公然の秘密であるが、とにかくよく当たるという。

私はあじのたたき定食におひたしをおまけしてもらったものをしみじみと食べながら「ふふふ、ついに見つけたぞ」という興奮に包まれていた。

その、楓という人には一種の超能力があり、その人の持ち物を持っただけでいろいろなことを言い当てることができるらしい、と私は聞いていた。

とにかく面接に行きたいと思い、教わった電話番号に電話をしたら、ていねいだが口調がぶっきらぼうな男の人が出てきた。明日の三時に来てください、と言った。私が薬草茶のことを話すと、じゃあそれも持ってきてみてください、と言った。かなり冷静な、とりつくしまもない口調だったが、私はそこにほんのりした暖かさを感じた。繊細で、きらきらと光る感触が耳に残った。きっとこの人は本物だと私は思った。

おそるおそる教えられた場所をたずねた。昔きっとそこは川だったのだろう、細く曲がりくねった小さな遊歩道をずっと歩いていったところに、その古い一軒家はあった。壁にはつたが這《は》い、しみだらけの壁で薄暗かった。

でも、庭の植物は活気があり、光を求めて明るくのびのびと枝をはっていた。この中にも薬草になるものがあったかな、といちいち吟味しながら歩いていったので、門から玄関に着くまでものすごく長くかかった。

チャイムがこわれていたのでドアをノックすると、低い声でどうぞ、と言われ、私ははじめて彼に会うことになった。

ものすごくどきどきしながら、私は待った。

家の中は、孤独と、清潔さと、何か甘い、ジャスミンのような香りがした。

そしてその香りを目で追っていくと、応接間の窓のところにみごとなジャスミンの鉢植えがあった。花も咲いていないのに、香りの気配を発していたのだ。植物を見れば、匂いをかげば、その家の人のことがわかる。私は安心して、どきどきも静まった。

彼は、

「目があまりよくないのですみません、生まれつき視力が弱いのです。全く見えないわけではないので生活に不自由はないのですが、光がまぶしいときや、夜間の外出には少し困るのです。」

と言ってサングラスのまま出てきた。

足取りはしっかりしていた。期待したほどの男前ではなかったし私好みでもなかったが、細い顔の中には神経質そうな、そして賢そうな輝きが宿っていた。

そしてちょっとねっとりとした発音で、でもひとつひとつの言葉をはっきりと彼は話した。彼のしゃべり方には奇妙な響きがあり、それが人を安心させた。

彼はいつでも今という時間にはっきりと存在していて、その証拠が彼の声の響きだという感じだった。

知り合ってからも、彼は上の空であることがほとんどなかったし、他のことを考えているときはそうだとちゃんと言った。目の前にいる人をちゃんと受け止めているという感じがいつでもあった。

「はじめまして」と私は言った。

「いつも身につけているものを何かひとつ出してください、もしも誰かとの相性などを観てほしい場合、その人の持ち物が必要です。それは電話でご説明しましたね？」

「いや、面接に来たのであって観てもらいたいわけではないんですが。」

びっくりして私は言った。

「あ、ごめんなさい、そう言えばそうでした、あなたは面接で来たんですね。今アシスタントがいないもので、全部ひとりでやっていて、いろいろとりちらかっていまして。つい次のお客さんと混同してしまった。」

楓は恥ずかしそうに言った。

それで私はますます「ここで働いて手伝ってあげなくては」という意欲を密《ひそ》かに胸のうちで燃やした。

「でももしさしつかえなければ、どうぞ何か見せてください。」

彼は言った。サングラスの下の彼の目は鋭く、笑顔は全然見せなかった。私は緊張してはいとうなずき、いつもしている、おばあちゃんからもらった指輪を差し出した。

「サボテンが見えます。」

彼はしばらくじっとその指輪を握ってからそう言った。私はどきっとした。

「サボテンの魔女、そしてその弟子、という言葉が浮かびます。」

祖母はある種の魔女だと私は思っていた。そして私は魔女の弟子だった。

「これはあなたの、血のつながった身内の方があなたにくれたものです、そのおばあさんはまだ生きていますね。」

私はうなずいた。よかった、少なくともやっぱりおばあちゃんと私は血はつながっているのだと思いながら。

「はい、ばりばりに生きています。私よりもむしろずっと生き生きと。」

「おばあさんの性格が強すぎて、あなたがよく見えないんです。おばあさんのことはよくわかります。昔、いろいろなことをして、罪ほろぼしに人につくしています。もうすっかり罪は浄化されています。彼女には人を癒《いや》す能力が備わっています。男勝りで、結婚は数回しているでしょう。でもあなたと暮らす前にいっしょにいたおじいさんとの結婚が一番長かったようですね。今はまた違う人といます。おじいさんが亡《な》くなったんですね。おばあさんは……植物が、今は、特にサボテンが大好きです。暑くて、からりとした気候の外国の島にいますね。あなたはサイキックや神秘的なことにたいそう興味がありますが、それは全《すべ》てサボテンと関係があります。

そして、サボテンはあなたのことが大好きです。サボテンはもうあなたを選んでいます。おばあさんが特にサボテンを選んだのは、サボテンがあなたに近づきたかったからというのもあるのです。」

　サボテンはあなたのことが大好き、そう言われたら普通ぷっと吹き出してしまうだろう。でも私はもちろん納得していた。そしてなんだかその優しい言葉の響きに、私は涙ぐんでしまった。サボテンは私を好きなんだ、そう思ったらおばあちゃんと暮らしていたときのような安心感が私を包んだ。そうか、やっぱりそこにいてくれたのか、そういう感じだった。今までは言葉としてうまく通じ合っていなかったけれど、この人が通訳してくれたおかげで、お互いの気持ちを知ることができた、そういう風だった。

「なんでもいいのであなただけの持ち物を触らせてください。」

　私は鞄《かばん》の中を探した。下を向いたらまた、涙が一粒、ぽろりと鞄の中に落ちた。

　私は不思議な精神状態にあった。よく本の中で、自分が帰依《きえ》できる導師に出会うと、こういう気持ちになると書いてあった。多くの人が信仰に入ったきっかけとしてそれをあげていた。

　私は読むたびに「ばかだなあ、一種の催眠術にかかったんだ、きっと」と思ったものだった。しかし、いざ自分の身にそれが起こってみると、あまりにも扱いかねる大きな感情だった。押し寄せてくる懐《なつ》かしさ、切なさ、そして帰りたいという気持ち。この人がいつもいる世界こそが私が求めていた世界だと、全身の細胞がうちふるえていた。ものすごい量のエネルギーが暖かい真夏の午後、陽に透けているきれいな波みたいにくりかえし熱くそして涼しく押し寄せてきていた。楓は続けた。

「あなたは、山の中で暮らしていました。あなたはいつも空を見上げていました。あなたのあこがれの全てはそこにあり、あなたの唯一《ゆいいつ》の癒しは夜中に寒い戸外で星を見上げることでした。山の精霊は今でもあなたを愛しています。あなたは山の生き物にとてもよくしてあげました。向こうのいたずらで病気になってもあなたは恨むことをしなかった。あなたは今、前からの生活と新しい生活のはざまにいますね。あなたはとても変わっていて、愛情深いのに人嫌いです。植物に関わるヒーリングの仕事をするでしょう。あなたはすごく体が強く、勘がよく、いやなことは忘れすぎるくらいすぐ忘れる楽天的な性格です。人をサポートするのに向いています。そしてあなたも魔法使いです。あなたの嗅覚《きゆうかく》には特別な才能があります。また、あなたはものごとの本当の姿を見ることができます。普通は、目に映ったのと違う本当の姿を感じ取るものですが、あなたの目と、鼻には実際にそのものの本当の姿が見えるのです。」

そして楓は言った。運命の瞬間だった。

「僕はあなたを信頼します。うちで働いてください、僕のアシスタントとして、それから、必要な人にぜひ植物やサボテンのお茶を処方してください。報酬については細かく話合いましょう。僕にはパトロンがいて、その人が経理関係は全てやっているので、体制が決まり次第きちんと、お給料を決めます。もしも前借りが必要なら言ってください。信頼して、お出しします。」

「変わった面接でしたね。」

喜びながらも私は言った。

「なんでしたらリーディング代を取りましょうか?」

楓は笑った。

「それは冗談です、でもよかったらそのお茶を飲ませてください。すごくよさそうな気がするから。」

「もちろん、入れてきます。先生に合わせて選んできました。血がきれいになってめぐりがよくなり、頭の疲れがとれるお茶です。」

私は台所を教えてもらい、初仕事としてお茶を入れた。楓はお茶を飲み、気に入って買ってくれた。そして玄関にパンフレットも置かせてくれると言った。

そして私たちはその瞬間から、友達にもなったのだった。なんでだろうか、ふたりが友達になったことはお互いに一回も口に出していないのに、まるで契約書を交わしたかのように、その気持ちをはっきりとお互いに理解できた。なかなか会えなかったけれどやっと友達に会えた、すごく長かったから希望も失いかけていた、でも待ってみてよかった。そういう感じがした。

私は週に五日、楓の家に通って受付や電話の応対や、帳簿をつけたりした。そして残りの時間は楓の本のためのインタビューとメモ書きをした。観《み》てもらった人の中に出版社の人がいて「ぜひ彼の言葉を本にしたい」と依頼があったが、目の弱い彼にとって書くことはとてもむつかしいし、かと言ってリーディングを何よりも優先したいので編集者やライターの人にこまめに来てもらっても話ができるとは限らない、だからもしそれをできるアシスタントがいたら、空き時間に編集者さんからの質問を楓にして、テープにとってやりとりをして、それをまとめるのがいちばんいいということになったのだそうだ。それにもし本が出版されたらお客さんがしばらくはとても増えるだろう、やはりアシスタントが決まってからの方がいい、ということでその企画は中断されていた。その全てが私の登場でまた動き出したのだった。それはとても誇らしいことだった。

彼の家の中での時間の流れ方はとても不思議だった。今までに経験したことがない、車輪がゆっくりと回転しながら静止する直前のように、いつでも時は止まる直前の流れ方をしていた。

目がよくない彼の動きはとてもとてもゆっくりで、慎重で、無駄がなかった。そして家の中にいるかぎりは、彼はまるでちゃんと見える人のように優雅に動いていた。

彼の人生もまた、とても変わったものだった。

お父さんは田舎の小さい神社の神主で、お母さんはもう亡くなっていたが占い師だったという。やはりもう亡くなったおばあさんはもっと高名な占い師で、楓の出身した町では今の楓のように、政治家を含めてたくさんの人が相談しにきたという。

楓は生まれつき視力が弱く、あまり見えない目の前に様々な光景が見えるようになったのは五歳くらいの時だったという。

それは、親戚《しんせき》のおじさんが忘れていった鍵《かぎ》の束を握ったときにはじめて起きたのだそうだ。楓は、おじさんが交通事故にあうのが見えた。そして、そのことをみんなに言ったが、時はすでに遅く、おじさんは大けがをして入院したそうだ。楓は泣いて自分のせいだとあやまった。両親はおばあさんの大変さを知っていたから、ただでさえ目が悪い楓にはそんな職業をさせたくなかったので、その事件に対する判断を保留にした。その曖昧《あいまい》な態度は幼い楓を傷つけた。そして楓は、事故がわかった自分をすごく嫌いになり、かなり思いつめてしまったそうだ。

ある日、表面はいつもどおりでも、内心そうとう悩んでいる楓を見かねたおばあさんは楓を呼び出し、きっぱりと「あんたがいつかこうなることはわかっていたよ」と言った。

楓は涙を流して、自分の目に見えたり見えなかったりするものを、どういうふうに扱っていいのかわからない、と言った。おばあさんは答えた。

「自分のせいだというふうにだけは、思ってはいけないわ。そう思っている限りは自分が当ててやったというふうな気持ちにも、いつかはなるということだからね。そういう気持ちの芽を持ったままでいると、必ず謙虚さは傲慢《ごうまん》の裏返しになってしまうから。大切なのは、誰か大きな存在が自分に授けてくれた情報を、自然に、流れるように、自分を消して流れるままにしておくことなのよ。」

楓はその時、自分の肩にかかっていた大きな荷物を降ろしたような感じがしたそうだ。自分は何か大きな力と他の人の間に入っているにすぎないのだと、楓は理解したのだった。それからはいろいろなことが見えてしまうことを決して恐れなくなり、それを生業《なりわい》にして生きていきたいと思うようになったという。

楓の話をメモにとりながら、私は運命の不思議をよく感じた。

こんなふうに、似た境遇のふたりがお互いに必要としあって出会うという不思議を感じた。私は植物の力を借りて人を助けるために生まれてきたし、アシスタント業も内容は違えど幼い頃からやってきた。いつ出ていつひっこむべきかを、体で知っていた。

そして楓はおばあさんに対する畏怖《いふ》の中で育っていた。もちろん愛情が全てなのだが、えたいの知れない力に対するおびえもその中にはほんの少し含まれていた。

タイプがちょっと違って、楓のおばあさんの方が私のおばあちゃんよりもタッチが柔らかいというだけで、人としての質はよく似ていた。だから楓の性格のことが、私にはよくわかった。

そんなことがわかる人はこの世にそんなにいるはずはない。だからこそ楓は、生まれて初めての友達であり、お互いの人生の主要な登場人物との出会いだということがお互いにわかったのだろう。

あの、満天の星の下で憧《あこが》れたような生活が、実現しようとしていた。

あの小さな願いは空の上に届いて、どこかにそして至る所に存在する大きな力をほんの少し動かしたに違いない。冬の空にうずまく冷たい風が星をまたたかせるように、私の願いが矢のように空を渡って、聞き届けられたのだ。


口コミだけで仕事を取っていた彼は、実力があるのでそれでもお金に困ってはいなかった。しかも出せるだけの金額でいいと客に言っていたので、百万円ぽんと出してくれるスポンサー的な人もいれば、小さい子からチョコレート一枚もらって、いなくなったインコの行方を見てあげたこともある。

その日、その男の子はチャイムを鳴らした。

私が出ると「近所の人に聞いてきました、かわいがっていたインコが逃げてしまったんですが、そのことを観てもらえますか？」と言った。声変わり直前の声だった。

「ほんとうは予約が必要なんだけど、いいわ、入って。楓先生に聞いてみます。」

表向きはちゃんと楓を先生と呼んでいる私は、そう言って楓に事情を告げた。

楓は少年を招き入れ、全然子供あつかいしないで椅子《いす》に座るように指示し、こう言った。

「その、インコの近くにあったものを持ってる？」

「羽根を持ってきました。」

少年はポケットからハンカチを出し、そこから緑色のきれいな羽根を一枚出した。

楓はそれをそっと握り、集中し、目を開いて何かを見ているように宙を見つめた。

「ごめんな、ピロちゃんはもう天国だ。」

少年は目に涙をいっぱいにためて、うなずいた。

「いなくなってずいぶんたつね、冬が越せなかったんだ、日本の冬は寒いからね。大きな鳥だから食べ物もたくさん必要だったんだね。」

私はいつも思うのだが、誰もそのインコが大きなインコだったことも名前もいなくなってからずいぶんたつことも告げていないのに、どうして楓には見えるのだろう？

何回この瞬間に立ち会っても、不思議だ。そういう力が全くない私にとって、これほどわけのわからないことはない。ただ、事実だけがそこにしっかりと、ずっしりと存在する。おばあちゃんのお茶でガンが治った人を見たときもそうだ。治らない人もいれば、すぐに治ってしまう人もいる。事実だけがそこに存在する。

「心がすっきりしました。」

　少年は言った。

「ピロは僕を恨んでいませんか？」

「恨んでないよ、大丈夫。道に迷ってしまっただけだから。君に会いたいなとは思っていたけれど、君に対して悪い気持ちを少しも持たずに天にのぼったよ。」

「ありがとうございました。」

　少年はポケットから一万円を出した。

「いいよ、そのお金は貯金して、いつかまた鳥を買いなさい。ただ、また逃げてしまうかもしれないから、君の部屋の、小さな窓のところで飼ってあげてね。」

「うん、お正月にお年玉で鳥を買ってもいいって言われているから、そうします。自分の部屋で飼うことにする。だから、お金は払います。」

「じゃあ、なんでもいいから今君が持っているものをひとつちょうだい。ペンとか、消しゴムとか。なんでもいいよ。」

　楓は優しくそう言った。

「じゃあ、これ。おじいちゃんの北海道土産です。まだ食べてません。」

と少年は言い、涙を拭《ふ》きながら、リュックから小さなホワイトチョコレートを一枚出した。そこには素朴な花の絵が描いてあった。私はなんだかぐっときて涙をこらえながら、それを受け取って楓に手渡した。

少年が帰ってから、私は聞いた。窓から、帰っていく少年の後ろ姿が見えた。リュックを揺らしながら、一歩一歩歩んでいく、小さな背中が見えた。

「ねえ、楓、どうしていつもどんな小さい子供からも情け容赦なくお金を受け取るのに、今は断ったの？」

楓は言った。

「嘘《うそ》ついたから、お金は受け取れなかった。」

「楓が？」

「うん。」

「どんな嘘を？」

「ここだけの話だよ。」

楓は片岡さんにも絶対、クライアントの秘密は語らない。片岡さんもそれを承知で絶対聞かないに違いない。楓にとってアシスタントが必要なのは、秘密を共有できる人がいないと体が重くなってしまうからだと思う。それでも楓は私にも滅多に相談の内容を告げることはなかった。ただ、いざとなったら何でも話せる人がそばにいないと、こういう仕事は生身の人間にはむつかしいと思う。たとえ言わなくても、誰かが何かをちょっとだけ共有していれば、人は心軽くなれるのだと思う。

「あの子のご両親は最近少しうまくいっていない時期があったようなんだ。大喧嘩《おおげんか》になり、あの子のお父さんがお母さんをつきとばしたときに、お母さんが鳥かごに倒れ込んで、鳥が死んでしまったんだ。あの子の嘆きぶりを見てふたりともすごく反省しているから、もし今度鳥を飼ってもそういうことは起こらないと思うけれど、とにかくその時、ふたりはあの子に、鳥が逃げたと嘘をついたんだ。」

「まあ、なんてこと。」

「この世にはもっとひどいことがたくさんあるけど、こういう小さなつらいことも、やっぱりいやだね。この場合さほど悪い人はいないはずなのにめぐりめぐってこんなことが起きて、いちばん小さな命が犠牲になったりするんだ。」

「でも、あの子、これから大きくなるまでずっと鳥を世話して、鳥もうんと幸せになっていくかもしれない。」

「だから嘘をついたんだ。」

「悪い嘘じゃないじゃない。ねえ、そのお父さんとお母さんがこれ以上こじれる感じってあった?」

「なんで?」

「なるようにしかならないっていうのはわかっているの。ただ、いい子だったから。やっぱり気になるのが人情というものじゃない?」

「うん、俺もいつもそう思っちゃう。それでその度に傷ついちゃうんだけれど。でも、この場合はなんとなく大丈夫だという感じがする。たまたまのことという感じがした。お父さんの仕事がうまくいかない鬱積《うっせき》が、家を暗く覆《おお》って鳥の命を奪ったんだ。でもふたりは本当に反省していて、きっと、あの子の誕生日に鳥を買ってくれるつもりでいるのだと感じた。お父さんも残酷な気持ちで鳥をひねりつぶしたわけではなくて、事故だった。あの家族には動物好きのオーラが感じられる。それに、あの子もそう長く家にいないで自活する感じだから。」

「よかった。だって、もっとひどい話はたくさんあるから。」

「あの子の感じを見ても、さほどひどい親じゃないよ。」

「もっとひどい人ってたくさん来るの？」

「来るけど、だいたいやがて来なくなるね。こちらにできることが何もないというか、合わないというか、要するに守備範囲じゃない人は、やがて縁が切れていく。そういうふうになっているんだと思う。でもこの世の中にはいろいろなレベルの話がいっぱいある。全部を自分が扱おうと思うと、それはやっぱり傲慢だということだと思う。」

「やっぱり小さなつみかさねみたいな、村の人の相談所みたいな、そういう素朴な感じが楓には合っているね。気持ちを込めた分、返ってくる光があるほのぼのした仕事がいいね。殺人事件とか浮気調査とかそういうのは合わないね。」

「浮気調査はしてないけど、そういう話はとにかく多いよね。いつか、旅をしながら古代の財宝を探すとか、海底の神殿を見つけるとか、そういう仕事がしてみたいなあ。」

楓は笑いながらそう言った。

人の持ち物から伝わってくることは、はたで見ていてもすばらしく優しいことばかりではない。嘘や、秘密や、闇《やみ》。血のつながりでこじれた家族のどろどろした思いや、優しさのかげに隠れたねたみや。

それでもたまにその中に、新雪みたいにきらきらとした人の心の輝きが財宝のように埋もれている。どんなくだらない相談の中にも、どんなありふれた愛憎劇の中にも、なにかとてもきれいで、はかないものがひそんでいる。それをどろどろしたぬかるみの中から見いだすのが、そういうものがないわけではないということを信じ続けるのが、楓の仕事なのだ。

「本が出て、そういうお仕事が来たらいいね。」

私はそう言って笑った。

楓は楽しそうに言った。

「発見された遺物から、古代の文化や暮らしぶりを推測するととても楽しいんだよ。その人達がどんなふうに滅んでいったかまでも想像できるんだけれど、決してつらい気持ちにはならないで、奇妙な勇気がわいてくる。昔、ポンペイに行った時、断片的な情報や光景が次々飛び込んできて、時間と空間がわからなくなった。なんだか頭がくらくらしたけれど、面白かった。いろいろなものを見たり感じたりして頭がおかしくなりそうになったけれど、全然不快ではなかった。きっと瞬時に滅びたから、いろいろなものが生々しく残っていたのだと思うんだけど。」

「ポンペイかあ、どんなところか想像もつかない。だって私が山以外に行ったことがあるのって、シャボテン公園だけだよ？」

「そういう仕事が来たら連れて行ってやるよ。」

「マルタ島は行こうと思っているけど。」

「あそこもすごい遺跡があるらしいね。」

「ポンペイってイタリア？」

「そう。片岡さんとバカンスでナポリに行った時、足をのばして行ったんだ。今にも人や馬が角から出てきそうな感じだったよ。気分のいい大通りだったところでは本当に気分がよくなった。建物の後ろは真っ青な空で。」

「そんな気分のいい大通りがこのへんにもあるといいのに。」

　私は言った。

「そんな通りを、パンを買ったり、飲み物を飲んだりしながら人が通っていくのを見たいな。」

「馬も走っていたし、娼婦《しょうふ》もいたし、パン屋や、喫茶店もあったんだってさ。とてもにぎやかで、空が高くて、きっと素朴な暮らしの幸せがそこにはあった。それは噴火で永遠に閉じこめられてしまって、今になって俺たちにその頃の生活を見せてくれているんだ。そしていつかみんな、そういう時間の流れの中に混じっていくんだということが、素直に受け入れられる。そういう場所だった。」

楓には確かにパトロンがいた。その人は片岡さんといって、年に半分くらいはフィレンツェに住み、日本とイタリア両方で占い師のエージェントをしている人だった。日本でも不定期的に占いの学校のようなものを開催し、その経営もしている、かなりのお金持ちだそうだ。

片岡さんは、イタリアとの貿易をしていたおじいさんやお父さんが占い師に相談し続けた結果として財を成したのをみて、その恩返しと興味とで、親の遺《のこ》した資産を日本では遅れているその分野に使いたいと決心してその事業をはじめたそうだ。

楓はそこの学校を出たのだという。そして今度は講師として呼ばれているのだそうだ。

たぶんその資産をめぐっての恐ろしい争いに信念を貫いて勝ち抜いたせいで、片岡さんはものすごい偏屈なおじさんだった。決して感じがいい人とは言えなかったが、目がものすごくきれいで、思っていたよりも全然お金に汚くなかった。お金を取るのは、おおむね繊細でそれゆえに才能をのばしにくい占い師たちを守るためだけで、必要以上に取っていたり、実力が少ないのにお金だけ取るようなことは絶対にしなかった。

それだけでも、もう私から見たら彼はいい人だった。

でも特に勘が優れているわけでもない彼は、私のことを単に楓を好きな小娘のひとりだと思っていて、やきもちをやいていつでも意地悪をしてくるのだった。

それも無理はないのかもしれない。なぜなら町中というよりは日本中に楓のファンがいて、いつでも手作りのものとかお弁当だとかお菓子だとかラブレターだとか待ち伏せだとか、そういうことがなんとなく楓の生活をもやっと覆っていたからだ。目が見えない、まあまあ男前の、独身の若い超能力者。これだけでもう女の子たちには十分だ。

私は片思いの人が出すあのくさい匂《にお》いが大嫌いだった。

それは山の中にいる時から変わらなかった。それは鉄の鎖のようなきつい匂いで、相手をがんじがらめにする。私なんか山でも自分からその匂いがしたとたんに相手に会わなくなるようにしていたくらいだ。

不思議なことに、楓のことはいくら大好きでも、そういう匂いを自分が発することはなかった。楓を思う時の私の匂いは、いつでもおばあちゃんを思うときの匂いにそっくりだった。

それなのに、片岡さんははなから私を疑ってかかっていた。

まさか「ほら、鉄の鎖の匂いじゃなくて、おばあちゃんを思うときの太陽の乾いた匂いでしょ！」とかいでもらうわけにもいかず、なかなか誤解は解けなかった。片岡さんは私にはいつも冷たくて、失礼で、虫けらのように扱うのだ。いつになったら誤解が解けるのだろう、と私は最近さすがにうっとうしく思うようになっていた。


働きはじめてしばらくたったある朝、出勤するとまだ家の中は真っ暗で、私は電気をつけたり洗い物をしたりしてしばらく時間をつぶしていた。

楓の部屋に人がいる気配があったので、ノックして扉を開けたら、片岡さんと楓が同じベッドの中で、裸でぐうぐう寝ていた。私はうっすらとひげのはえた二人の寝顔をしげしげと眺めて、その安らかさに納得し、「あらまあ」とだけ言って、部屋を出た。

ふたりの安らかで、健やかで、他に行き場のない、その部屋だけのあたたかい眠りは、きらきらとした光に包まれていた。

この部屋を一歩出たら、ふたりには敵がたくさんいる。変わった商売で、ゲイで、目もよく見えない楓。人の悩みでお金をとって生業《なりわい》としている上に、人柄は悪くないのに人生でいろいろなことにもまれてすっかり感じが悪い片岡さん。

ここでだけ、ふたりは子供のような自分に戻って眠れる、暖かい枯葉や小枝や何かでできている巣なのだ。そう思うと、私はとても暖かい気持ちになった。

男と男が寝ていることに関してはショックはなかった。

よくそういう悩みを持つ人達がおばあちゃんのところに相談に来ていたし、おばあちゃんは「そういうふうに生まれついてしまったのだから、それを受け入れて生きていくしかないのだ、全ての人が生殖して子孫を増やさなくてもいい、だいいちもうそうなってしまっているのだから、あれこれ考えるよりも、つらくない生き方を考えた方がいい」と言っては、心が安定したり、罪悪感を和らげたりするお茶を処方していた。私はそういう、偏見のないおばあちゃんを誇りに思っていたのだ。

そして、私も、世でいうところの不倫をしていた。

山の上でも私を気にいる男たちがいないこともなかったが、毎日忙しすぎてとてもつきあう暇はなかった。朝五時起きで十二時間以上の労働があるのだから、デートする体力が残っていなかったのだ。一回だけ猟師の息子とつきあったことがあったが、おばあちゃんの読み通り、彼は山を降りて都会に行ったきり帰ってこなかった。そして若い肉欲は日々の忙しさにまぎれて消えてしまい、もう彼の顔さえ覚えていない。

私が今しているこの静かな恋におちたのは、その時私をとりまいていた孤独の空気を、恋人が全く損なうことなくそっと寄り添ってくれたからだろう。

山から降りてきていろいろ身辺の整理をして、おばあちゃんを見送って、私はある日突然、空港でひとりぼっちになった。

あの時、淋《さび》しさにうちのめされたあの感じを一生忘れることはないだろう。淋しさがまるで石のハンマーのように硬く、私のみぞおちにたたきつけられたのだ。生まれて初めて、右にも左にも、手で触れる人がいなかった。土もなく、空も汚れていて、木々も私を抱いてくれなかった。おばあちゃん、と声に出せば、これまではいつも返事が返ってきたのに、もう誰もいなくなっていた。

私はがく然としてしまった。そんなことを想像したことすらなかったのだ。

いろいろなアナウンスが流れる中、スーツケースを転がす人も、別れを惜しみあう人々も、忙しそうに電話をかける人も、のんびりと時間をつぶしている人もいた。

がやがやとした雑踏の音が、高い天井に響き渡っていた。そしてそこではみんな旅の途中だった。私を含めて、みんなが人生の旅の中のまたもうひとつの旅を味わっている、宙ぶらりんの場所だった。

私は通路の片隅に置いてあった大きな植木鉢を見つけ、そこに植わっているパキラにちょっと寄り添った。そして、その葉から伝わってくる暖かさに身をゆだねて、少しだけ泣いた。ところが涙はなかなか止まらず、山が恋しい気持ちもどんどんつのってきて、私はかなり長い間そこで泣いていた。そこは空港だったのでそこここに別れがあった、だから、泣いている人がいるのはさほど不自然ではなかった。

そして私には見えた。パキラは私を包むように黄緑色の光を出して、外部の好奇心に満ちた目から私を隔離し、ゆりかごのようにいつまでも優しく微妙に光って揺れてくれた。初対面なのになんて優しい、と思って私はどんどん充電されていった。

やがて私は何ものかに突き動かされるかのように立ち上がった。パキラにお礼を言い、空港の中にあるうどん屋に入って、暖かいカレーうどんを食べた。胃にものが入って、体が温まった。すると心臓がどくどくいって、汗が出てきた。

そうだ、体が生きているのだから、私も生きていこうと思った。

私が弱っているときは体ががんばってくれているし、体が弱ったら私が知恵で解決してあげられる。今は、私の心が細く弱くなっているから、体はうどん一杯でこんなにも一生懸命働いては励ましてくれているのだ。そう思って自分で自分の手を握ったら、まるで他人の手のようにお互いを握り合っていた。

そして私はおばあちゃんのいない淋しいアパートで暮らしはじめた。

はじめのうちは淋しくてごはんも食べられなかった。

ひとりでごはんを作って食べるなんていうことも私の想像の外にあった。鍋《なべ》を火にかけるのも自分、味つけも自分、食べるのも自分だけだなんて、作ったものも自分の味がするに決まっている。

そこには何の面白みもなかった。

だから私ははじめの頃、まだ近所の居酒屋のご夫婦に出会う前は、たいてい、冷蔵庫の前で立って何かをちょっと食べるだけだった。運動していないので筋肉は落ち、体重も激減した。

おばあちゃんから来るメールは毎日、マルタ島の気候とサボテンのことばかりだった。おばあちゃんは私の状態を充分知っていたのだと思うけれど、仇《あだ》になることがわかっていて優しい慰めの言葉を書いては来なかった。ただ、いつでもおばあちゃんは私の家族だと書いてあり、ほんとうはしたいであろう新生活ののろけとか苦労も私が落ち着くまで一切書いてはこなかった。

今までいたところと遠く離れた環境の中で、お互い頑張っているのだから自分だけがつらいとは思わないようにしよう、と私は思った。

それでも淋しかったしすることもなかったので、乗り遅れてはいけないと思い、私はいっそうサボテンと交流することにした。近所の公園に行ったり、サボテンがたくさんある店で話を聞いてみたり、おばあちゃんが置いていった以外にも幾鉢か買ってきて、部屋でじっと観察したりしていた。

たまにおばあちゃんのお得意さんがおばあちゃんが開業するまで臨時に私の作ったお茶を送ってくれと言ってきたりして、手に入る材料でお茶を作ったり送ったりで忙しい時もあったが、たいていはじっくりと観察できた。サボテンはまれに見る清らかな魂を持った精霊で、心を開いたらどこまでも優しくしてくれることなどが次第にわかってきた。棘《とげ》はまわりを傷つけるためにあるのではなく、頼んだらちゃんと丸くなってくれるのだった。

そしてある日私は、大きなサボテンや歳《とし》をとったサボテンが見てみたくなり、有名なシャボテン公園に行ってみることにした。

初めてのひとり旅に私はたいそう興奮していた。

平日の午後の公園にはほとんど人がいなかった。広大な敷地に、猿やクジャクが放し飼いにされていて、彼らの数の方が多かったほどだ。私はいちいち猿と目を合わせて挨拶《あいさつ》を試みながら、ゆっくりとなだらかな傾斜の道を歩いて、サボテンの温室があるほうに歩いていった。

途中で私は見たこともない不思議な動物たちをたくさん見た。日本にいないはずの生き物たち、たとえばカンガルーだとかワラビーだとか。彼らは奇妙な形をしていて、犬でも猫でも熊《くま》でもない、どれだけしげしげと見ても全く知らないタイプの生き物だった。私は山でいろいろな動物を見たが、そのどれにも似ていなかった。丘をめぐる小さな道沿いにそんな生き物がうろうろしたりはねているのを見ると、夢の中にいるような感じがした。

あとは巨大なネズミみたいないないろいろなもの……カピバラだとか、パカラナだとか、ビスカッチャだとか、妙に丸くて頭がよくなさそうで、絶対に日本の生き物ではないものたち。私は海外旅行をしているような気持ちになり、いつまでも彼らのよくわからない生態を見つめていた。

小さな猿は色とりどりでか弱く、鳥たちも緑に映える鮮やかな色をしていた。なにもかもものめずらしくて私は内心鼻血が出そうに興奮していたが、ひとりだったので騒ぐわけにもいかず、ただてくてくと歩き続けた。

そしてたとえ偽物《にせもの》の自然でも、やはり木が多いところにいると安心した。まるで大きな柔らかい布の中に包まれているような感じだった。土のあるところだったらどんな小さいところにも生き物が生きているから、その総合的な力の一部になれるような感じがした。

サボテンの温室はその植生に合わせていくつもあった。南米、アフリカ、森林性のもの、マダガスカル、メキシコ……サボテンさえもそこでは出身地別になってそれぞれの生きている気候に似せた環境でひっそりと生きていた。そのあたたかな空気の中でちゃんと世話されて生き生きと天に伸びているサボテンを見たら、嬉《うれ》しくなって涙が出てきた。

そこにも動物と同じくらい見たこともないサボテンがたくさんあった。姫将軍だの初日の出だの、翁丸《おきなまる》だの仙女の舞だの入鹿《いるか》だの、形に合わせていろいろな名前がついていた。

サボテンを見ているうちに、おばあちゃんの先見の明に対する尊敬の念もどんどんよみがえってきた。

おばあちゃんが行こうとしている道がなんとなくわかってきたのだ。これからしばらくの間、この世の中ではきっとあの山で起きたのと同じ残酷で愚かしいことがたくさん起こるだろう。微妙な種類の植物はどんどん手に入らなくなり、ますます貴重になっていくだろう。

それが今の流れだから仕方ないところがある、だったら、日本にはもともとなくて自然の力が強い土地からやってきていて、それでいて丈夫で家でも栽培できる植物の力を使わせてもらおう、おばあちゃんはきっとそう思ったのだ。そしてその条件にもっともふさわしかったのが、サボテンだった。おばあちゃんの戦いは研究という形で静かに優しくずっと続き、いつか私もそれにならうのだろう。

温室の中には九十歳のサボテンもいた。まるで生きている人間のようにじっとそこにいて、私はなんだか尊敬する人の前に立っているような感動の気持ちが起きて、じっと佇《たたず》んで何十分も見つめてしまった。

サボテンたちは、少し酸味があり活気と持続力を表す匂《にお》いを発していた。

まだよくわからなかったが他の多肉植物にもたくさんの可能性があるように思えた。いろいろな種類を見ていたらアロエにも従来の方法以外に、もっといろいろな使い方ができるということを感じた。おばあちゃんに相談して配合を考えてもらい、アロエとマルタ島のサボテンで軟膏《なんこう》を作ろうという考えも出てきた。

私は自分の将来がやっと明るくなった気がした。これで山に暮らさなくても私の特技を生かすことができる。今しばらく私は都会の森の中で生きて行かなくてはならない時期だと感じていた。それでも自分を生かすことができる。

お礼を言っても言っても言い足りない気持ちで、私はサボテンに、そしてその他の多肉植物たちに、これから肉を少しもらって、人を治すために使いたいのですが、と伝えた。少しずつならもちろんいいです、どうぞどうぞ、とサボテンは言っているような気がした。自分に都合よく解釈していたのではないと思う。丸いサボテンも、長細いサボテンも、平べったいサボテンも、みんな同じように私に優しい感じだったからだ。

私の名前になった雫石という名のサボテンもあった。それはとても小さくて、石ころみたいな感じで、つやつやと光っていた。

その名前をつけたのが誰なのか、おじいちゃんなのか、おばあちゃんなのか、見たことのない親なのか、私は知らない。でもその愛情が、ひしひしと伝わってきた。小さくて丸くて頑固だった赤ん坊の私を見て、そんな名前にしようと決めたその気持ちの中には、ゆるゆるとたゆたう温かいぬくもりがあった。

感無量で私は温室を出て、最後のサボテン狩りのコーナーでいっしょに家に帰って手伝ってくれるサボテンを選んだ。広いそのコーナーを歩き回って、ひとつひとつを充分吟味して、たくさんの鉢植えを私は買った。植え替えてくれるおばさんたちに感心されるほどたくさんの種類を手にして、私は外に出た。

「また来ます！」と言って。そして本当にそのあとしょっちゅう来ることになったのだが。

はりきって荷の重さも忘れ、私は売店からまた公園内に歩き出した。クジャクが、小さくて茶色いひなを連れてちょこちょこと芝生の上を歩いていた。いつのまにか夕方近くなっていた。光がどんどんオレンジ色になっていって、まぶしく緑に反射していた。

私は世界中の古代遺跡のレプリカの間を少し散歩した。世界は見たことのないものでいっぱいだということがわかり、また気持ちがさわいだ。いつかいろいろな国に行くことがあるのだろうか。そういう先にはどんな生き物や植物がいるのだろう、と私は思った。

そしてまた出口の方へと戻っていこうとしたら、たまたまペリカンのごはんの時間に出くわした。

ペリカンがあちこちからぞろぞろ出てきて、餌《えさ》をねだっていた。それはとても不思議な光景だった。アスファルトの道をぺたぺた歩いて、ペリカンが行ったり来たりしているのだ。係りのお兄さんがやがて鯵《あじ》の入ったバケツを持ってやってくると、ペリカンは一列に並んで魚が投げられるのを待って大騒ぎしていた。私はペリカンを見るのもはじめてだった。あんなにも大きな鳥がいるなんてとても信じられなかった。そして人とペリカンがそんなに交流しているのを見るのもはじめてだった。鯵をひとつ投げさせてもらったら、ペリカンは私の手に飛びついてくるような勢いで、魚を食べた。すっかり胸をうたれてしまい、私はペリカンが食べ終わってまたぺたぺたと道を歩いて帰っていくまでじっと見ていた。

遠くの偽遺跡に西日があたって、緑もくっきりとオレンジ色に照らされていた。すべてが燃え立つような光に包まれ、どこの国にいるのかわからないような荘厳《そうごん》な雰囲気になってきた。静けさの中に鳥と猿の声だけが響き渡っていた。手が魚臭くて、顔もすっかり陽に焼けてほてっていた。でも吹き抜けていく風が金色に髪の毛を撫《な》でていった。時々目の前をクジャクが首を揺らしながらぽこぽこ歩いて通り過ぎていった。猿が枝をつたいながら何か言い合っている。そして鳥がはるかな空を渡って、巣に戻っていく。日が落ちていく、一日が終わっていく。私はサボテンと寄り添っていてとても幸せだった。

出会いとはいつでもそういう無心の瞬間にふいにやってくる。そして一生消えない名場面を心に焼き付ける。

「血が出てます。」

急に声をかけられ、私はびっくりした。

「え？　私ですか？」

私はベンチにすわっていたのだが、目の前に柔らかい物腰で背が低いおとなしそうなお兄さんが一人立っているのを見つけた。少し鼻にかかったその声は乾いていて、かさかさと揺れる落ち葉のように柔らかい響きだった。

「さっきペリカンに餌をやったときに、くちばしにあたったんじゃないでしょうか。」

彼は言った。見ると、私の右手の指がちょっとだけ切れて血が出ていた。

「たいしたことないので大丈夫です、ご親切にありがとうございます。」

私は微笑《ほほえ》んだ。

「でも一応ペリカンのくちばしですから、消毒した方がいいですよ。」

そう言いながら、彼はぷっと笑った。笑うと底知れない陽気さが彼の顔のまわりを覆《おお》った。

「あまり普段ないけがですからね、魚も触っているし。なんといってもペリカンだからなあ。」

「そうですね、なかなかないけがですよね。ペリカンのくちばしで切りました、っていうのはね。」

私もそう言って、笑った。

「医務室に行きましょう、消毒できますから。」

彼は言った。

「ここの人なんですか？」

「関係者ではあります。多肉植物を栽培しているので、いろいろアドバイスをしに来るんです。それから、自分の植えたサボテンの様子を見に来たり。」

「まあ……。」

私はすでに少しぽうっとなっていた。そんなすてきな仕事の人に知り合うなんて、なんと運のいいことだろう、きっと縁があるのだし、サボテンが私にこの人を紹介してくれたんだ、と思った。彼は黒縁のメガネをかけていて、紺のセーターにジーンズをはいていた。細くてやんちゃに光る目をしていて、てきぱき動きそうな体つきで、植物が好きそうだった。まだ若そうなのに左手には結婚指輪があって、ちょっと胸がきしんだ。そういうのが恋のはじまりなのだろうか。恋をあまりしたことがない私にはよくわからなかった。

「ではあと五分だけ、ここにいてから医務室に行きます。夕陽が沈んでいくのを見るのが何よりも好きなのですが、今住んでいるところではたいそう早くに陽がビルのかげに入ってしまうので味気ないのです。」

「じゃあ僕もつきあいます。今日はミーティングに来ただけなので。」

彼は言った。

彼の名前は、野林真一郎くんといった。

その名前を呼んだだけで私の胸はあたたかくなる。

私たちは並んで、遺跡に映える西日がどんどん濃い色になっていくのを見ていた。暖かい缶のお茶を飲んで、サボテンまんじゅうを食べながら。

彼といっしょに座っているだけで、私の感じていた淋《さび》しさや苦しさや、自分から空気が抜けていくような感じはなくなっていった。彼の顔や声の感じには、独特の静けさがあり、その静けさが彼を他人から遠ざけるのだということがよくわかる。

彼は人間にしては透明すぎた。ああ、この人はきっとサボテンが私に貸してくれたんだ、私はそう思った。

私は時々不安になる。いつかは返さなくちゃいけないだろう、あの優しい声も、笑うと月のように細くなるあたたかいまなざしも。きれいな形の爪《つめ》も、みがきこまれた古い靴も。そう思うだけでただただ苦しい。

それから、私は彼に案内してもらうために日程を合わせて、数回そこを訪れた。彼はどうもサボテンの方が人間よりも好きなようだった。いろいろと説明してくれたり、そのサボテンを育てる大変さや、楽しさをぽつぽつと語った。夏に温度が上がりすぎたり、乾燥しすぎたり、猫がいたずらをしたり、カラスがむしったり、虫がついたり、いろいろな事件が常に彼を襲っていた。外国から苗を輸入してあれこれ試行錯誤したり、泥棒に荒らされたり、思わぬ時にきれいな花が咲いたり、そういうことに生き甲斐《いがい》を感じているようだった。たいていの人がそれを理解できないだろうが、私には楓を理解するのと同じくらいよく理解できた。植物にまつわる全《すべ》ては必ず自然やこちらの精神状態やいろいろなこととつながっており、それを読み違えると簡単に失敗してしまう、そういう神経の使い方にも私は慣れ親しんでいた。

しゃべっていても大笑いしていても彼はなんとはなしに静かで、その静けさの中には透明感さえあった。

そして彼からはとてもいい匂いがした。光をたくさん浴びて、湿気をたくさん含んだ森の木々のような匂いだ。私はそれをずっとかいでいたかった。

三回か四回目の帰り道、車で送ってもらいながら、まだ二十八歳の彼はかなり年上の奥さんとやはり長く別居していることを聞いた。

なにがやはりかというと、女の人が支度した衣服には必ず独特の光と香りが宿っているからだ。でも彼からは彼の匂いしかしてこなかった。いつでも彼はきちんと身支度をしていたが、その生活の中にまるっきり女の人の影がなかったのを私はよく観察して知っていた。

「自分のサボテン園の事務所に寝泊まりしているんだ」と彼は言った。

私は「じゃあ今晩いっしょに宿に泊まらない?」と言った。

彼はびっくりして、車を停めてしまった。国道沿いの、ガソリンスタンドのところだった。

夕陽はまさに落ちていったばかりで、空は藍色《あいいろ》に染まり、灯《とも》りはじめた明かりがきらきらと山にちりばめられていた。海は暗く、布みたいになめらかに波うっていた。

「そんなすごいこと言わないでくれ、事故を起こしてしまう。」

「だって、とてもあなたのことを気に入ったから。」私は言った。「もう少しいっしょにいたいし、それに、たまには誰かと、いっしょに寝たい。いつもひとりで寝るのは淋しいもの。」

そう言ったとき、暗い車の中で、行き交うヘッドライトに何回も照らされながら、私の頭にはおばあちゃんが浮かんでいた。おばあちゃんの仕草や、声や、たてる物音や手のぬくもりが。やりきれないことがあるとよくおばあちゃんのベッドの下にふとんをしいて、隣に寝た。そして手をつないでもらって寝た。闇《やみ》の中におばあちゃんの手が降りてきて、その温かい感触にすがるようにしていつしか眠った。そういうことを思いだして突然涙が出た。

ひとりで、慣れない都会でこつこつと暮らしてきてたまっていたものが、涙と共にどんどん外に出てきた。おばあちゃんとは毎日メールのやりとりをしていたし、その文面にはおばあちゃんのエッセンスが宿っていたのでつながっている感じはしていた。でもそれは、私が近所の人達としか話さないで暮らしていることとはまた別のことだった。

サボテンと話ができる人間嫌いの真一郎くんにはそれが全て伝わった。彼にその時あったのは暗い欲望の炎だけではなく、まるで子供を持つ親のような慈悲も、同じくらいの分量であった。

彼はすっかり決心した様子で私の肩をなでながら言った。

「僕でいいならいいよ、君みたいな人は他にいないもの。手をつないで寝ようか。

朝いっしょにごはんを食べようか。」

その様子はまるで小さい子供をさとすようだった。

「うん、でも不倫はいやだから、宿で名前書くときだけ私の婿養子《むこ》になってくれる？」

私は言った。

「雫石というのを名字にしようか、ふたりの名字に。」

そんなことを言ってきたくらいだから、彼もうたいそう私にのぼせていたのだろう。普通なら「なんて恥ずかしい」と思うはずのそういう申し出に私は素直にうなずいた。

私たちは老夫婦のように、少しも出過ぎたところのないつきあいをはじめた。

真一郎くんといるときの落ち着きは、はじめて会った日の西日のように、私の全体を覆ってしまった。話すことはサボテンのことばかりだし、私のお茶でいつも土をふるったり植え替えをしたりして傷《いた》めていた彼の腰痛《ようつう》は改善された。

いつもふたりは同じ宿でおちあった。そして、いっしょにごはんを食べて、いっしょに楽しく露天風呂《ぶろ》に入って、いっしょに寝た。朝起きたらサボテンを見に行ってからすっかりなじみになった職員さんや動物たちに挨拶《あいさつ》をした。もう人にどう思われてもいいと彼は考えていたので、その町にいるときは二人は堂々と仲良く歩いた。そしてリフトに乗って山に登り、高いところからカルデラのくぼみやかすんで見える街を見おろしてあれこれ話し、散歩してお昼を食べて駅で別れた。

「今までいつでも淋しい思いをしてきたけれど、このつきあいがあれば生きていけるよ。」

と彼は涙を見せたことがある。

どうも彼の奥さんは都会が好きな、ごく普通の女の人らしかった。彼の静けさを気に入って奥さんが猛アタックをかけてきて、十八くらいだった彼は彼女の明るさにひかれていっしょになり、明るさに疲れてひとりになってしまったらしかった。あまり知りたくないし聞いてもしかたないので、それ以上は何も聞かなかった。彼らに子供がいるのかどうかさえ、私は知らない。たぶんいなくて、いないからこそ離婚しないのだろうという気がした。

もちろんそれでも私はちょっとだけ望んではいた。いつか離婚して私と結婚しないだろうか、と。神様に彼が死ぬまでずっと、彼のことを返さなくていいといいなあと。

雫石という名字の表札がかかった、目に見えないふたりの家を、ふたりは架空の空間にこつこつと創っていた。そこから一歩でも出たら魔法が解けてしまうので、ふたりはそこにずっといなくてはならなかった。じっと力をためて、絶対にその生活を変えてはならない。そうすればそこではずっとふたりはいっしょにいられるのだ。

その目に見えない家は、ふたりにとってリラックスのための空間であり、祈りの場所でもあり、お互いのもっとも善なるところだけを見せ合うための場所でもあった。その静けさといったら、山奥の暮らしよりもずっと静かで、自分の耳が鳴る音が聞こえるほどだった。言い換えれば、そこでしか成り立たないほど脆弱《ぜいじゃく》な愛だった。間を取り持っているのはサボテンだけだった。

サボテンと話ができるのは彼だけではなかった。女の方がその点はしたたかに細かいところを聞き分ける。サボテンは彼を淋しい私に貸してくれたが、私に彼が必要でなくなったらいつでも取り上げるだろう。それはもう私たちの判断を超えた、大きな流れなのだ。切なさもつらさも情もそこでは大した力を持たない。

だからこそ静かに、私はその愛を続けていた。仕事のように正確に、ひとつひとつ見えない煉瓦《れんが》をつみあげて。

私の夢は、いつか彼か私が死んだとき、それをお互いが宿に来なかったことで初めて知ることだ。そこまで静かに続けられれば、それが一番いい。足腰も丈夫で、自分で移動ができて、宿に通える老人になりたい。

そして、お互いのうちどちらかが来ることが出来なかったら、それはもう死んだときだと悟って、いつもふたりがしていたようにお風呂に入り、食事をして、いっしょに寝ていたようにそっと眠る。それがお互いの追悼であるような、そんなつきあいを続けたい。

「雫石、おまえって、なんて暗いんだ！」

私が自分の恋愛の話をしたとき、私がせっかく自分に酔いしれながらとってもいい話を聞かせてあげている気分だったのに、楓は心底驚いた様子でそう言った。

「若い女の考えることじゃねえな！」

「やきもち焼いてるの？」

と私がからかうと、目の前で手を振って、

「そんな年寄りみたいな交際の話にはつきあっていられないね。」

と言ってその話をおしまいにした。

でも私にとって、この愛はほんとうにちょうどいい愛なのだった。美しいことをイメージし、その範囲でだけならそれがかなう、そういう状況が私のような実は偏屈な女には合っているのだ。

「なによ！　楓だってあんな気取ったいじわるおやじとできてるくせに！」

私は悪態をついた。

「あいつを悪く言わないでくれ……むつかしいところもあるけど、あいつはすごくいい奴《やつ》なんだ、おまえにはまだわからない。あまりにもいい奴すぎると、いろいろなことが痛すぎて、門を狭くするしかないんだよ。そのうち、痛みを通して、おまえにはあいつのすばらしさがわかるだろう。俺から見ると、あいつの門の中は楽園だ。花が咲いていて、天気がよくて、いい感じの風が吹いていて、あたりの空気は澄んでいて、なにもかもが涙が出るくらい純粋で優しいんだ。」

楓は言った。

そんなふうに人をほめてあげるあんたがいい奴なんだよ、と私は切なく思った。でも、楓がそう言うのなら、ほんとうにそうなのだろう。心からそう思えた。これが信頼というものの単純な姿だろう。熱狂的に信じているわけではない、私はこの目が見て、この耳が聞いたことの総合的なものから、楓の言うことを信用することにしている。

「楓がそう言うのなら、本当にそうなんだろうね。」

私は言った。

「でも私は年寄りの交際なんてしてないもん。」

「だってさあ、そいつは本当の親ではなくても、役割がおまえの親だもん、親以外の何ものでもないもん。そんなの恋愛じゃないもん。」

楓は、かわいそうなものを見るみたいな目でそう言った。その小さい優しさに私はうたれて、でもちゃんと言いたいことは言った。

「でも、私には親がいないわけだから、別にいいんじゃないかと思う。外に親を求めてもある程度はゆるされると私は思う。」

「それもそうだな。」

楓は納得して、ふたりは話を終えた。いつもふたりのやりとりは納得で終わる、それが本当の友達というものだろう。


編集の人に本の原稿を渡し、その夜は楓の家でねぎらいの夕食会をすることになっていた。

言いだしたのは片岡さんだったが、私まで誘ってくれるというのがそもそも珍しかった。私は料理をしているとつまみぐいで満足してしまうので、夕食を用意してほしいと言われるといつでも作ってつまみぐいして帰ってしまうのが常だったのだ。カップルの夕食に同席するのも、アシスタントとしてはやりにくい。でもその日は、私をねぎらいたいからぜひに、と片岡さんが言いだしたらしい。

楓の家の台所にも多少の愛着が芽生えていた。

帰国後にはまた私がスタッフとして入るだろう、それまでは居酒屋でバイトさせてもらうか残飯を食べさせてもらえばいい。私は希望にあふれていた。もしも楓が向こうに長くいるつもりなら、旅費をためてアシスタントとしてついていこう、私と真一郎くんのもともと地味な恋愛は、きっとそれでも地味に続くだろう、そういう感じがした。

とにかく私にとっては楓が会社で、楓が上司で、楓が私の仕事なのだ。楓についていこう、そう決めたから私はとても楽になった。

しかし私がそう決めたら片岡さんがどれだけ文句を言うかと思うと、なんともうっとうしいことには違いなかった。

その夜も私は機嫌良く材料を買ってきて、パエリヤを作っていた。

魚貝のと、鶏肉《とりにく》のと二種類を作るために、エビのわたを抜いたり、パセリやにんにくを刻んだり、オリーブオイルを吟味したり、することがたくさんあったので片岡さんが来たときに少し玄関に出るのが遅れてしまった。

「おまえ、女房じゃなくて家政婦なんだろ？　なんで俺を待たせるんだ？」

いきなりそんなに感じが悪かったので、私はさすがにむかっときた。

「家政婦ではなくて、アシスタントでございますのですよ。」

とても丁寧に私はそう言った。

ぜひ私も一緒に夕食をとこの人の同じ口が言ったとはとても思えなかった。片岡さんともし別の形で、たとえばお茶を買いに来た人として会ったら、絶対悪い人ではないことを知っていた。ただ彼は楓に関しては致命的に激しかった。もう誰も寄せ付けないくらいの炎で、楓を愛してしまっている。

「そして片岡さんは合《あ》い鍵《かぎ》を持っているのだから、入ってください。玄関で待たずに。」

私はついでに言った。

「だっておまえが楓とキスとかしてたらいやじゃん！」

と片岡さんは真顔で言った。

「してませんよ、絶対に。疑うのをやめてください。」

私は落ち着いて言った。

「おまえはな、女じゃないってふりをしているけど、全身女なんだ！　俺にはわかるんだ。くさいくさい、あー、女くさい！」

片岡さんは言った。

お互いに影響を受けあっているのか、似たもの同士だからいっしょにいるのかは知らないが、片岡さんには楓の意地悪くて辛辣《しんらつ》なところの不気味なレプリカのようなところがあった。

情景はあくまで品よく平和だった。シンプルなデザインのカシミヤのセーターを着た彼の、これまたカシミヤのコートをあずかり、居間に案内し、食前酒としてよく冷えたシャンパンを出して、小さなお皿に若いオリーブの油漬けをそっと盛りつけ、革のソファに座ってもらっていた。招待してくれたことに感謝の意を表すために、彼の好みに合わせた完璧《かんぺき》なセッティングをしたはずだった。

ところが画面に合わず彼の口からは次々にののしり言葉が出てくるのだった。

「私がこういうことを面白いと思っているのも、山を降りてまもないからですよ、来年は本気で怒りますよ。」

私は言った。

「ふん、生臭い女め！　楓にうまくとりいりやがって。」

片岡さんは言った。これでよくこの人、不特定多数の学生が来る学校の校長先生をしているなあ、と私は感心してしまった。

その夜は泊まり込んで片づけをすませることにした。朝一番にお客さんが何人も来ることになっているからで、そういうことはこれまでにもあった。楓の寝室からふたつとなりに小さい客間があり、そういうとき私はそこに泊まることにしていた。楓の家に泊まるときはいつでもわくわくした。

私には子供時代に近い年齢の友達はいなかったが、もしもそういう人がいたらきっとこういう気持ちだろうと思った。夜遅くまで音楽をかけて、あれこれとおしゃべりをしたりまた黙ったり、お茶を入れたり夕食の時のあまったワインをあたためて蜂蜜《はちみつ》と丁字を入れて飲んで体をあたためたり、お風呂に入ってからちょっとつまみぐいをしたり……そういうことがいっしょにできる人を、おばあちゃんの他に私は今まで誰も知らなかった。

居酒屋でご主人や奥さんとしゃべるのはとても暖かかったが、彼らの話すＴＶのことや、町内の人のことを私はほとんど知らなかった。興味ももてず、ただその楽しそうな雰囲気に、温泉の湯に入るようにつかっているだけだった。しかし楓は違った。楓といると、おばあちゃんと暮らしていた頃の、楽しかった気持ちを思い出すことができた。

星がふんだんに頭の上にあって、夜中はいつまでも終わらない、ああいう気持ちがよみがえってきた。自分の毛穴から、楽しいというエネルギーがどんどん出てきているような、くすぐったいような感じがした。

しかし片岡さんがいるときは別だった。じゃまものが家の中にいることさえ彼は忘れたいようで、いつも私をほとんど無視し続けていた。

真夜中になってから寝る前のカモミール茶のためにお湯をわかしていると、片岡さんの大きな声が聞こえてきた。ドアが開いているらしい。

あるいは私に聞かせたいと思ったのかもしれない。いずれにしてもお茶を持っていってあげようと思っていたので、私は当惑した。

「なんであんな娘を家に住まわせてるんだ、来にくいじゃないか。」

と彼はどなった。

夜中の一時のことだった。

その言葉は弾丸のように鋭かったので、一言一句はずさずに耳に入ってきてしまった。

「いいじゃない、ここは俺のうちなんだから。」

楓は落ち着いた声で言った。彼の声はそんなに大きくないのに、これもまた私にはよく聞こえてきてしまう。それが愛の力というものだろう。どんな小さなことも聞き逃してしまうことがないように、本のためのメモをとっていた間、いつでも私は彼の声の調子に耳を澄ませていた。

私はそっと立ち上がり、壁に耳をつけた。そういうみじめな自分の姿に涙がこぼれそうになった。片岡さんが言う通りに、私は実は彼と寝たいのか？　いっしょに暮らすとか？　結婚したいとか？　楓の子供を産むとか？

何回も自問した。でも答えはいつも違った。彼のエネルギーの届く空間にいつもいたいだけなのだ。そして、自分が長年かかって身につけてきたアシスタントの技術を生かして、人助けをしたい、それが全《すべ》てだった。私は楓を愛しているが、それは真一郎くんを愛するようにではない。あんなふうに切実に、ただ生きていてくれるだけで胸がいたいような、そういう気持ちではない。真一郎くんの子供ができたら、私は喜んで産むだろう。それで、おばあちゃんに見せたり、子連れで仕事をするだろう。ちょっとでも彼に似ていたら嬉《うれ》しくてしかたなくなるだろう。

　楓と私がそんなことになるのは全然ぴんと来なかった。

　楓は私の永遠のきょうだい、友達であり、師でもある。楓は私の運命の一部なのだ。

　でも片岡さんが来ると、彼の関心はみな彼に流れていってしまう。そしていつか本当に日本を離れて片岡さんといっしょに住む日も来るかもしれない。そうしたら、私は滅多には楓に会えなくなる。

　なぜなら片岡さんが私を嫌っているからだ。彼から見たら、私は顔のかわいい先生さまにのぼせている、性欲でたっぷり満たされた偽善的な処女みたいないやな女なのだろう。

　そうではないと言いたいが、証拠は何もない。証拠はこの胸の中にしかないのだ。

　長年かけてわかってもらうというのもいいが、私にはまだそこまでの決心はついていなかった。性的にも生活の上でも全く普通の人から遠く離れた生活に入っていくという決心と、自分を好きでない人をひとり含むカップルに食い込んでいくあさましさと。

「おまえを狙《ねら》ってるだけなんだぞ、よく暑苦しくないなあ。おまえも気があるんじゃないの？　案外。」

片岡さんは言った。

ああ、口をはさみたい！　と私は唇をかんだ。

私にとって片岡さんの言うような、そんなことは全部どうでもよかったのだ。楓が好きでいっしょにいると毎日が面白いから、そばにいて見ていたかった。一日一回でいいから、笑顔を見たかったし、頼みにされたかった。その気持ちは私の独立した輝かしい人生とは確かに全く別の次元に属していたかもしれない。はじめての友達、はじめての仲間。そういう喜びに私は確かにすごく執着していたし、自分の全てを注ぎ込んでもいいくらいに嬉しかった。

いつか私も独立して、どこか遠くの南の島か何かで、きれいな景色を見ながら、ふと思い出す。あの時期、楓のことが大好きだったなあ、そして私生活ではいつも真一郎くんとのどかな景色を見て幸せだったなあ……。

そんな光景を思い描いただけで、いい感じに胸が苦しくなる。ただそういう、幸せなことだった。その人達はサボテンや仕事と全く同じように、私の幸福な人生のかかせないパーツになって光り輝いているのであって、役割を取り替えたり取り違えたりはとてもできない。

「あのねえ、俺はあいつが気に入ってるの。骨があるし、うまもあうし、頭もいいし、いっしょにいて楽しいの。人としてきれいなの、あいつは。」

「おまえのこと好きな女が近くにいて俺の気分がいいと思うの？」

「知ってるよ、俺を好きなところは確かにある。」

「それがわかってるならなんで？」

そこでよっぽど私は、いいかげんにしなさい、私は本当に本当にあんたのことなんか好きじゃない、自意識過剰なんだよ！　と言ってどなりこもうかと思った。二人ともまるで十代の女の子みたいにロマンチックなことを言い合っているが、私は全然そんなのじゃない。男の子っていくつになってもどうしてそんなに純情なのだろう。

「お互いに活気がとりもどせるんだよ、いっしょにいると。俺はあいつと寝てもいいとさえ思ってる、でもそんなことするとこの楽しい時間が終わっちゃうだろ。お互い好きってわかってて、体の反応はなくって、子供みたいにしていられて、永遠に続く夏休みみたいなこの感じが。」

「どうせいつか何かの形で終わるじゃないか。」

「だったら今のまま自然に終わればいいじゃないか。あんたけしかけてるのか？俺とあいつができちゃうように。なんて下品な考えなんだ。そんなことで愛情を確かめるのはやめてくれないか。」

「俺には君たちは、やりたいのをこらえている偽善的なふたりにしか見えないんでね。」

「違うんだ、ほんとうにわずかな違いなんだが、違うんだよ。もっとなんかいい感じなんだ。雲みたいな、夕焼けみたいな、子供みたいな。」

「そうか、おまえは疲れているんだな、それなりに大人として過ごしていることに。

俺だってこんなに愛していても、やっぱり嫉妬《しっと》がある関係だし、金もからんでいるからなあ。」

「そのとおりだよ。組み合わせの妙で、なぜかあいつといると、楽しさを思い出すんだ。」

そんなやりとりを聞いて、私はどうしたらいいのだろう。

楓はかわいらしくて子供みたいで奇妙に純粋だった。

私は顔を赤くして、にじみでる涙をこらえていた。

もうやめよう、こんなまね。壁に耳をあてて情事を盗み聞き？　こんなみじめで汚らしいまねは。楓は私のことがよくわかっているし、そして、勘違いはあっても肝心なところは通じ合っている。全く同じ気持ちでこの夜空の下にこのふたつの命は存在している。さらに言えば、あんなに表現は辛口ではあっても、片岡さんはさすが楓が好きになっただけのことはあって、頭がよくて全体を把握して判断しているではないか。

なのになぜ、私だけがすけべな家政婦のおばさんみたいに壁に耳をあてているのだろう。女だから？　情けない……。それもこれもみんな自分の本当は知っていることをうまくあらわすことができないがゆえに。

私はそっと耳を離し、忍び足でベッドに向かった。私の中に静かな自信がわいてきた。離してはいけない、あの人を。私の仕事のためにも。

私たちはいつまでも夏休みの子供みたいにしていていいのだ。光の中で遊ぶだけ遊んで、肉体が衰えたら死んでいけばいいのだ。

私はベッドの中で清らかな気持ちで目を閉じた。

ところがふたりの痴話喧嘩《ちわげんか》がいっこうに終わらない。やがて話は私を離れてどうでもいいことや生活のしかたやこれまでのアシスタントの時にたまっていたぐちにまで及んでいた。

あまりにもうるさかったので、ついに私はお茶を持っていって部屋をノックした。

「いいかげんにしてください、うるさくて眠れません、明日早いんですよ！　だいたい私は楓のことなんか全然好きじゃないです！　この自意識過剰野郎！」

そう言って、お茶をテーブルにどんと置いて、ふたりを黙らせてから寝た。きっとお茶の力で、ふたりの心も落ち着いただろうと思う。

「ねえ、どうして雫石のおばあさんはサボテンが好きになったの?」

楓がふいにそう言った。

翌朝片岡さんが紅茶だけ飲んでばたばたと帰っていって、三人のお客さんをこなして、やっと昼ご飯を食べ終わったときのことだった。昼ご飯は近所のパン屋さんで買ってきたおいしいイギリスパンで、コーヒーを入れる手を止めて私は答えた。

「ちょっと長い話になるよ。」

「いいよ。」

「山小屋のキッチンの窓辺に、ひとつだけ大きなサボテンがあったの。種類は、竜《りゅう》神木《じんぼく》っていうやつで、私の肩くらいまでの丈があった。おばあちゃんは、特別な時だけそのサボテンからお茶のためのかけらや、エッセンスを採った。私はある日、さっきの楓みたいに質問をしてみた。どうしてそのサボテンはおばあちゃんにとって特別なのかと。

「うん、俺には今、そのサボテンが見えている。ガラスが汚いから曇りガラスみたいになっていて、そこに陽がたくさんあたっていて、なんかうす汚い洗濯物がとなりに干してある。」

楓は目を閉じてそう言った。

「なんだか不愉快だけど当たっているから許すわ。そこにはいつも洗濯物を干していたの。よく陽が当たるからね。……おばあちゃんはおじいちゃんがあまりにも入れ込んでいたせいでやきもちを焼いて、昔はサボテンがさほど好きじゃなくて、そのサボテンはおじいちゃんの書斎に置いてあったんだって。おばあちゃんはおじいちゃんが死ぬまで、実は自分がおじいちゃんを大好きだったことに気づかなかったようで、それというのもおじいちゃんは常に都会が好きで、おばあちゃんはもともと山育ちでいつでも山に帰りたかったから、おじいちゃんが死んだときも、ああ、これで山に帰れるってすごく思ったんですって。」

「ひどいなあ。」

「でも本当にそう思ったみたい。いつでも嬉々《きき》として語っていたもの、そこのところにさしかかると。おばあちゃんにとって、都会に住むと言うことは、広い海でないと生きられない鯨を小さい水槽に入れて飼うようなものだったらしい。それで、おじいちゃんが死んで、四十九日が過ぎたとき、おばあちゃんは本当に気が抜けたようになってしまって、寝込んでしまったんだって。何も食べられなかったし、眠ることもままならなくて、衰弱して死んでしまいそうになったんだって。おばあちゃんには本当にそういうところがあって、そうと決めたら体もそうなってしまうのよ。それで、おじいちゃんとの楽しかった日々がもう終わってしまったことを毎日悔いて嘆き悲しんでいたんだって。おじいちゃんの面影が家の中に残っているのが嬉しくて、自分はなるべく空気を乱さないようにしたくて、とにかくほとんど動かず、食べず、死にたいと思っていたんだって。でもおばあちゃんは山でお茶を売る前から、人の相談に乗ったりすることが多くて、自殺をいつでも止めていたらしいの。だから、自分は自殺だけは絶対するのをやめようと思っていて、だからゆっくりと死の方に近づいていくことしかできなかったんだって。そして、ある夜中ね……」

「わかった！　サボテンが声をかけてきたんだ！」

「いいところなのに話の展開を読まないでよ！」

「ごめんごめん。」

「もう、語る気がうせちゃったよ、なんなら楓がしゃべってよ。」

「何言ってるんだ、知らないって。」

「じゃあ、続くよ、変なつっこみを入れないでよ。」

「わかったって。」

「それでね、おばあちゃんが夜中に目を覚ましたらね……」

「でもここでまたすぐさま語りに入れるのが、女ってものの特徴なんだよな。」

「なによ、あなた、けんか売ってるの？　もう黙るよ私。」

「いや、いいから続けて、聞きたいし。」

「それが、笑っちゃうけど、全身緑色で、緑色に光る緑マンみたいな人が、おばあちゃんの枕元《まくらもと》に立っていたんだって。」

「へえ。」

「それで、おばあちゃんの肩に手を置いていたんだって。おばあちゃんはついにおむかえが来たかと思って、すっかり観念して、話しかけてみたらしい。『おじいちゃんと同じところに行けるのかしら?』って。」

「おまえ、脚色してないか? おまえのおばあちゃん、かしら? っていうタイプじゃないじゃん。」

「そうかもね、ちょっと雰囲気を童話調にしてみたんだけど。実際は『あんたあたしをどこに連れてく気?』って言ったらしい。」

「全然ニュアンスが違うじゃないか。」

「でもおばあちゃんの中ではそのふたつは同じだったのよ。」

「それもわかる。」

「そうしたら緑マンは目がないのに、じっとおばあちゃんを見つめて、すごく優しく見つめて、そしておじいちゃんの書斎の方にふっと消えていったんですって。」

「うん。」

そこでもう、気の優しい楓は泣きそうだった。私はかわいい自分の子供にお話を読んであげているような気になった。私にとって、その話はおばあちゃんに何度も聞かされて、自分の中ではスタンダードなおとぎ話のような感じになっていたからだ。

「おばあちゃんは、何日も着替えていない汚いパジャマで、はだしのままで、やつれた姿でふらふらとおじいちゃんの書斎に入っていった。暗闇《くらやみ》の中におじいちゃんの匂《にお》いがして、おばあちゃんは涙ぐんで、電気をつけた。そうしておばあちゃんはびっくりしたの。なんと、竜神木がたくさん、花を咲かせていたんだって。十五年間、一度も花を咲かせることはなかったのに、三つも四つも、おばあちゃんの顔くらいある真っ白い花をぼんぼん咲かせていたんですって。真っ白い花芯《かしん》が電気の光にとてもよく映えて、なんだか甘いいい匂いまでしてきて、おばあちゃんは突然、元気になったんですって。そして、生きようと決意して、すぐさまたぬきそばをつくって食べたんですって。それからは元気になって、今に至る。」

「なんでたぬきそばなの？」

「好物だったからだって、おじいちゃんの。お仏壇にもお供えしたって言ってた。」

「そうなんだ。サボテンとその時つながったんだね。一回つながると、植物はずっと裏切らないからなあ、人間と違って。」

「おばあちゃんをなぐさめるために、咲いてくれたんだと思うよ。」

「そうだろうなあ。そういうことってあるだろうなあ。おじいさんが頼んだのかも知れないし。」

「いろいろなものがちゃんとつながっているんだね。」

「それを解き明かすのが俺の仕事だけど。」

「まだ、その竜神木は私の家にあるよ。おばあちゃんが株分けして、置いていってくれたの。で、おばあちゃんが持っていったほうは、マルタ島で根付いてちゃんと育っているらしいよ。」

「そうなのか。」

楓はその時、ちょっと黙った。

そして、奇妙な表情を浮かべた。見たいものが見えない、それがもどかしいというような顔だった。そして首をちょっと振った。それも楓が何か目に見えないものを感じている時のくせだった。

「なに？」

私はたずねた。

「今、何かを感じそうになったんだけど、わからないんだ。……でも、サボテンにはすごく興味があるなあ。ねえ、雫石の大事なサボテンを、明日あたり持ってきてしばらく貸してくれない？　サボテンの言っていることがわかるかどうか、すごく興味がある。買ってきて、絆《きずな》をつくっていってもいいんだけど、雫石のところのサボテンなら心を閉ざしていないと思うから。」

「もちろん！　喜んで！」

私は言った。私がずっとかわいがってきたサボテンが楓と顔を合わせることを考えただけで、すごく嬉《うれ》しくて心が輝くような感じがした。

「でも、旅立ちの前なのに大丈夫なの？　そんな新しいことをはじめて。」

「大丈夫だよ。やりたいと思ったときが、時間のある時なんだ。そういうのをしなくなったら、時間の奴隷《どれい》になっちゃうよ。やりたいと思ったときに、ぱっと手を出さないと届かなくなることがあるんだ。……それに、どうしてかわからないけれど、今、サボテンが俺と交流してもいいと思っている気がする。うちのリビングにいるところがさっと浮かんできたんだ。そういうときは不思議なもので、どんなに手間がかかっても自然にことが運ぶんだ。時間ってすごいよ。のびたり縮んだり、自由自在で……。人間の心がすごいのかもしれないけど。そうやって、新しい試みが浮かんでくるとき、パズルが解けるようにいろいろなことがわかってくるとき、俺はなんとなく、生きているという感じがするんだ。雫石が山の中で星空を見上げていた時のように。」

楓はとてもいい笑顔でにっこりと笑った。

その笑顔のあたたかさは、窓を超えて庭の陽射《ひざ》しに金色に溶けこむようだった。彼の笑顔の残像は私の心に金のふちどりで力強く甘く残った。

私は翌朝、朝日の射す寒い寒い部屋の窓辺で、サボテンを選んでいた。どうして、そんなにも一生懸命選んでいるのかわからないくらいに熱心に選んでいた。この雫石というサボテンも大事だし、真一郎くんが育てていた白い毛がふさふさ生えている何とか翁《おきな》というひげのおじいさんみたいなサボテンも大切だし、おばあちゃんの株分けしてくれた竜神木ももちろん見せたいし、私がはじめてお茶をとらせてもらったうば玉もすごく重要だし、竜舌蘭《りゅうぜつらん》も珍しい。一時間以上、集中して考えていた。

山のことも思いだした。夜の空気に植物の匂いが混じっているとき、私はいつでも山が恋しくなる。見上げても星はまばらで、あの、濃い感じはやってこない。生命と生命が山の闇の中でうごめいて交わっているあの生々しさは決して感じられない。どんな男女の官能よりも濃厚な、蜜《みつ》のような生命の営みが、都会ではうんとうすめられて、砂糖水みたいになっている。でも、その砂糖水の匂いをかいだだけで、あの、みずみずしい勢いのある神秘がよみがえってくる。私はその中で、泳ぐように、おぼれるようにして育ったのだから。

隣からはその間も絶えず言い争いの声が聞こえてきた。今日の休みこそ、不動産屋に行こう、と私は決心した。

あいかわらずとなりのベランダには生臭そうな汚いものが山積みになっていて、生活のいい感じというよりもただだらしなく雨ざらしになっていて、その匂いにさらされている植物たちが気の毒になってきたからだ。境目に置いてある巨大なアロエが、となりの人が越してきてから突然大きくなり、棘《とげ》も大きくなってきた。きっと苦痛を感じているのだろう。

しかも、となりの部屋の人は陽が当たらないとかなんとか言って、勝手に、庭にあった小さな柿《かき》の木を切ってしまった。大家さんがもめごとを嫌ってそのまま受け入れられてしまったが、私はその柿の木をとても愛していたので、たくさん泣いた。自分よりも長く生きてきたものを、どうして切ったりするのだろう。相手はうらみもせず、別の木としてまたどこかで花を咲かせて実をつけて永遠の生命をつむいでいる。でも、切った人にとって、ちゃんと説得もお願いもせずに何ものかの生命を奪ったその影は、人生に永久にとりついて消えない。本人が意識していなくても消えない。それが生命の法則だからだ。

サボテンはみんなとてもきれいで、優しく輝いて見えた。私は光の中に立ち並ぶ、水分をたっぷりと含んでつやつやとしたサボテンを見ていたら、なんだか泣けてきた。今までいつもいっしょにいてくれてありがとう、と私は人間に言うように語りかけた。命が確かに今、ここにあって交流している、そう思えたのだった。

「いっぱい持ってきたなあ！」

楓はびっくりしていた。

「でも、なんとなく予想はしていたけど。」

「だって、どうしてもしぼりこめなかったんだもの！」

私は笑った。

朝になって、居酒屋で箱形の台車を借りてきて、私ははるばる楓の家まで、十二鉢のサボテンを運んできた。ほとんど徹夜で考えてしまったほどだった。サボテンは台車の上で、ぎっしりと、生き生きと、つやつやとして午前中の光に輝いていた。

「おまえのせいで、うちは突然にサボテンガーデンになったよ。」

楓は笑っていた。パジャマ姿で、にこにこと手を振った。

「じゃあ今日はこいつらと交流して過ごすよ、よい休日を！」

「たくさん連れてきてごめんね、よい休日をね！」

私も笑って玄関を出た。

この時の幸福なイメージを私はきっと長い間心にとどめておくだろう。

もうすぐ終わってしまうありふれた日常の風景の中に、花のようにか細く開いた淡い切なさがあった。ふたりとも満面の笑みを浮かべて、手をふり合っていた。楓のパジャマのボタンに、朝の透明でまぶしい光が反射して壁に花のような模様をつくっていた。

台車を返しに行って、ついでにお昼を居酒屋の夫婦といっしょに食べた。TVを見ながら、餃子《ぎょうざ》をゆずりあって、のどかに食べた。そして私がお礼に買ってきたケーキを三等分して食べてしまって、みんな満腹になった。

正しい休日の過ごし方だった。

私は、その足で不動産屋に行った。駅前にある、とても大きな不動産屋だった。大きなベランダ、もしくは庭のあるところという条件で、たくさん探してもらった。私があまりにも熱心なので、不動産屋のおじさんもだんだんつられて熱心になってくれて、十数件にしぼりこんで次々電話をしてくれ、そのうち六件をいっしょに見に行った。

なんだかいろいろな部屋に住むことをシミュレーションしすぎてふたりとも頭がおかしくなってきた。どこもちょっとした決め手に欠けていたのだ。

「ここにＴＶを置くとして、たんすは？」

「これでは私の洗濯機がおけるかどうか……どこに干しましょう、洗濯物。この窓北向きですよ。」

「こんなちっぽけな靴箱じゃあ、ないほうがいいなあ。」

などといろいろな部屋で言い合っているうちに、そのおじさんといっしょに住むような気さえしてきた。私がそう言うと、

「なんだか俺もたしかに、おじょうさんと一緒に暮らすために部屋を探している、そういうきれいな夢を見ていたよ。なんだか楽しかったな、今日は。」

とおじさんは笑って、またいい物件があったらすぐに知らせると言ってくれた。

そしていくつかの図面を持って、私は不動産屋を後にした。

もうすっかり夕方で、薄闇がせまってきていた。寒く冷たい夜がそうっとやってこようとしていた。

もうすぐにでも引っ越したくて、その日のうちに次が決まって、今の大家さんに電話することまで考えていたので、私はすっかり拍子抜けしてしまった。

ぶらぶらと道を歩いて、夕食のおかずでも買おうとスーパーに入ったら、真一郎くんから電話がかかってきた。

携帯電話の窓に「真一郎くん」という字が出ると、私はそれだけで幸せになり、夜道で家の明かりを見た時みたいな気持ちになる。真一郎くんの寝顔やいびきなんかを思いだして、早く会いたくなる。体に触りたくなるし、声を聞きたくなる。肩に顔を埋《うず》めて、あの落ち着いた匂《にお》いをかぎたくなる。

それは、彼が一度も私に対して声を荒げたり、不機嫌だったことがないのも関係あると思う。彼のイメージはいつでも初めて会ったときのように淡い西日に縁取られ、植物の緑を背景にしていて、柔らかいのだ。

「元気？　今日は引っ越そうと思って、たくさん部屋を見たよ。」

私は言った。

「そうか、こちらではなんだかサボテンが淋《さび》しそうだよ、今日は。ちょっと悲しい感じがする。いらいらしているような。だから、君のことが気になって電話したんだ。」

このふたりのやりとりはほとんど頭が変な人達のやりとりのようだが、当人たちは大まじめにそういう世界に生きているし、それを共通項として世の中からはずれているもの同士、お互いをよりどころにしているので、真剣だった。

「そうなの？」

「うん、なんだか浮かない感じがして、声を聞こうと電話したんだ。」

「もしかしたら部屋探しで少し疲れたから、そのせいかもしれない。成果もあがらなかったし。」

「そうか、本当に引っ越したいのに部屋が決まらないと、あせりも出てくるからね。」

「うん、でも元気は元気よ。お給料をもらったから、少し豊かになったわ。またそっちに行くね。」

「ありがとう、また日にちを決めよう。今、外だね？」

「うん、音が聞こえる？」

「聞こえる、車の音や何かが。」

彼と話すといつも言葉と言葉の間に甘い匂いがしてきた。優しくて小さくてふっくらとしたものをふたりは間にはさんでこわさないようにそっと包んでいた。

「じゃあ、カレンダー見ながら、また話しましょう。」

「夜、電話する。」

そう言って、電話は切れた。

その時、すでにちょっと変な感じがした。

自分の部屋の中で夜、真一郎くんと電話で話している様子がどうしても浮かんでこなかったのだ。どうしていつもの部屋のいつもの床にすわっている自分の姿がイメージできないのか、私にはわからなかった。ただ、どうしても画面が浮かんでこないのだ。あれ？　と私は思った。それになんだか心もとないような、淋しいような、夜の匂いが私のハートにいつのまにかしみこんできていた。大好きな人の声を聞いた後に、そんなことありえるはずがなかった。

うちのサボテンたちも淋しかったりぴりぴりしたりしているのだろうか、と思いながら、私はてくてく歩いて家へ帰っていった。

いよいよ夜が降りてこようとするその時刻に、私はアパートのひとつ手前の角を曲がっていた。その前からずっと、なんだか変な匂いがしていた。それはいろいろなものが焼けて焦《こ》げた匂いだった。いやな気持ちがその匂いと共に、どんどん胸をつまらせていた。

そしてざわめきが聞こえてきた。壁に映っているいろいろな光も見えていた。おかしいな、ふだんと様子が違う、と思って角を曲がり、私はがく然とした。

アパートがなかったのである。

消防車と、パトカーと、消防士さんと、警官と、大家さんが見えた。そして人だかりがまさに今、散っていこうとしていた。建物は不思議なわくと一部の部屋をのこして、黒く焦げたおかしなオブジェになっていた。そこにいろいろなものが真っ黒に汚れながらぐちゃぐちゃに散らかって積み重なっていた。

ああ！　私のサボテン、私のきょうだいたちが！

と思って私はふらふらと、自分の部屋のあったところに行ってひざまずいた。無惨にも黒く焦げているもの、かろうじて助かってすすだらけなもの、それから半分だけ残っているもの……もともと財産を持っていない私にとって、他のものはどうでもよかった。私はサボテンをひとつひとつ拾い上げて生死を確認し、後ろで大家さんのおばさんが「あの人は確かにここの部屋の人です。今はちょっとそっとしておいてあげてください」と言っているのを遠くにぼんやりと聞いていた。とにかく残っているわずかなものたちを私は一カ所にかき集めた。

そして、ふらふらと立ち上がった。家のなくなったその土地はがらんとしてとても広かったし、空も大きく見えた。半泣きで私は大家さんのおばさんに抱きついた。

「大変なことになってしまいましたね。」

「そうなのよ、隣の夫婦がね……どうも奥さんがだんなさんを殺して、死体を焼こうとして火をつけたらしいの。薬をやってたみたいで、さっき警察に運ばれていったけれど、わけのわからないことを言ってあばれていて、どうしようもなかったわ。」

「そんな……焼くなら町はずれでやってほしかった……。」

「またいろいろ保険のこととか、はっきりしたら連絡をするからね。」

それからアパートの他の部屋の人が全員無事だったというのを聞いてほっとした。今の時期、ちょうど生まれたての赤ちゃんとか、おじいさんとかいろいろいたからだ。私は自分のサボテンのことばかり考えていたことが恥ずかしくなり、やっと落ち着いて人と話ができる状態になった。

案外こういう時の世間話はいつもと変わらないものだ。

ぽつりぽつりと集まってきた住人たちはショックを受けるあまりになんとなく世間話をゆるやかにしていた。でも、いつまでも話していても仕方ないのは明白だったから、みんな電話をかけて、今夜の身の振り方を考えたりしだした。

たとえみんなが大嫌いだった人でも死は気の毒だが、私のサボテンたちの死とどっちが重いかというと、正直言って私にはわからなかった。サボテンやアロエたちは身をけずっていろいろな人の病気を治してきたが、あの夫婦は毒をまき散らしただけだ。私は、あの男が焼けた匂いをこの鼻がかいでいるだけでもいやだった。

そう思いながらじっと見ると、あの夫婦の部屋があったあたりに、黒い人影が立っているのが見えた。半透明にたまにグレーになりながら、うろうろしていた。

私は不思議とぞっとすることもなく、ただ気の毒だなあという気持ちになった。憎しみよりも、自分の伴侶《はんりょ》に殺されて焼かれるというその人生の気の毒さを思った。しかも死んでまでまだ変な匂いを発散させている。「死してなおくさし」と私はつぶやいた。人ごとながら気の毒な人生だった。その上、死という、変わるための最大のチャンスの時も、人に迷惑をかけていった。この世にはこういう救われない話もたくさんあるのだということを目の当《ま》たり《あ》にして私はびっくりしていた。

「成仏《じょうぶつ》しますように、こんどもし生まれてくることがあるなら、少しは幸せな人生になりますように、あの、いやな人の霊よ、安らかに。そして私のきょうだいたちの霊よ、あのいやな人をちょっとだけなぐさめてあげてください。たくさん働いてくれたのに、本当はあの、おじいさんサボテンのように、百年でも生きられるのに、自然に天寿を全うさせてあげられなくてほんとうにごめんなさい。」

私はその場所の空気がきれいになるように、お祈りした。

すると本当に、遠くからとてもきれいで清らかで山の緑の匂いがする風がさっと吹いてきて、まだざわめくその辺の人達の間を清めるように撫《な》でていった。あの影はまだそこにあったが、あの気持ちの悪いうごめきを止めていた。

都会にいても自然は力を持っている……私はしょげていても仕方ないのだ、と思った。なくなったものの全《すべ》ては悲しいが、今日の宿もない家族づれに比べればましだろう。保険がかかっていた分はいくらか返ってくるだろうし、さいふや銀行のカードや印鑑なんかは、不動産屋に行く日だったからみんな持っていた。そして、サボテンたちも……。

ああ！　そうか、特別仲のいいサボテンたちは、みんな生きているのだ。この瞬間も楓のリビングで健やかに存在しているのだ。

なんで楓が今日持ってこいと言ったのか、私にはその時はじめてわかった。

こういうことだったのか。

私は楓の才能と、天のはからいに驚愕《きょうがく》し、その存在に心から感謝した。その時、

「おい、雫石！」

と楓の声が聞こえたような気がした。そんなばかな、夜はつきそいなしでは絶対に外出しない楓がここにいるはずがない。

そう思って振り向くと、夜なのにサングラスをして、杖《つえ》を持った楓が立っていた。家の中では堂々としている彼も、外に出るとなんだか所在なく、頼りなく小さく見えた。それでもその肩がその時の私にはどれだけ頼もしく思えただろう。

「楓、大変なことになっちゃった。」

私の声は震えたが、泣かなかった。泣いたらこの楓の美しいたたずまいを見損なってしまう。映画だったらいちばんいいシーンを、もしかして私の人生の中でも一番と言えるほどすてきなシーンを見逃してしまう。私は唇をかんだ。

「いいから、ここから出よう、荷物まとめたか？」

「う、うん。待って、今すぐ持ってくる。」

私は残ったサボテンとか焼けていなかったバッグとか何かをかき集めて、薄暗い中街灯の電気を利用してもう一回ちゃんと荷造りをした。大家さんには連絡します、と電話番号を聞いた。楓が「とりあえずこの人はしばらくうちに置きますので」と楓の家の電話番号をてきぱきと教えているときにはやっぱり涙が出た。

ふるさとの山を降りてこの町に越してきてからそんなにたたないのに、もう私はひとりぼっちではなかったのだ。

「死体の匂いをかいでしまったのよう、それに、あそこにまだその人がいるの。」

私は言った。楓は私の荷物を持って、

「見えてる見えてる、俺にもわかってる。いいから、行こう。家で片岡さんがご飯作って待っているから。」

「サボテンのこと、ありがとう。」

「俺には未来が全部見えることはないんだよ、ごめんな、たいしたことできなくて。本当にふがいなかった。」

「どうしてここにいるの？」

「どうしても来なくちゃいけない感じがしたんだ。でも、俺の能力って、いざというときに全然使えないね。火事のことをわからなかったなんて。反省するよ。」

夕闇《ゆうやみ》の中、楓の顔は暗かった。そしてその表情も暗かった。まるでしかられた子供のように。

「でも、本当にありがとう、一番大切なものがちゃんと残った……。」

「うん、もう行こう。顔が真っ黒だよ。俺が荷物持つから俺を誘導して。」

と言って、私の肩を抱いた。

「さあ、行こう。ここを離れよう。」

私は楓の胸に顔をくっつけるようにして、歩き出した。目が見えない人にむかえに来てもらったのに、誰よりも頼もしかった。楓の胸はあたたかくて、いつも楓が使っている香水の匂《にお》いがした。あと、セーターの毛の懐《なつ》かしい匂いもした。楓の心臓がきちんとうっているので、私の心もどんどん落ち着いてきた。

あわてて今頃かけつけたらしい居酒屋のご主人が、家の焼けているのに衝撃をおぼえながらも、私のその姿を見てVサインを出していた。

パパ、Vどころじゃないんだってば。

私は泣き笑いを浮かべて、電話しますというサインをした。

「大変なことになったな、いつでもごはん食べに来いよ！」

ご主人は大声で言ってくれた。

幽霊を見てから、憎しみは消えてしまった。

それよりも山を降りてよかったと、私は思っていた。山を降りなければ会えなかったこの人達のあたたかさが、私を大きく包んでいたのだ。

ああ、片岡さんにご飯を作らせてしまった、どれだけいやみを言われるだろう、と私は覚悟して、すすに汚れて孤児みたいな感じで玄関を入った。そして楓に持ってきてもらった毛布にくるまり、リビングのソファにふらふらと腰を下ろした。「ここにいるよ」と声がした気がして見上げると、リビングの窓のところに私の一番大切にしていたサボテンたちがずらりと並んでいた。私はそれだけで泣けてきた。よかった、また会えた、そう思ったのだった。その時、失ったものの大きさもこみ上げてきた。おばあちゃんがマルタ島から送ってくれた乾燥サボテンや、おばあちゃんからのメールが全部残っている私の小さいパソコンや、山で撮った写真や、子供の頃の日記や……ここにいる以外のサボテンたち。

でもとりあえず一番好きだったサボテンたちは、居心地良さそうに窓辺で夜のガラスに映って輝いていた。

「おい、おまえ！」

エプロンをした片岡さんが入ってきたので、私はびくっとした。

「大変だったな！」

そう言って、片岡さんは本当に心配そうな顔をしてぐんぐん歩み寄ってきて、私のすすだらけの汚い頭をごしごしと撫でた。その大きな手が温かく、意外な優しさにふいをつかれ、私は泣き出してしまった。ああ、やっぱりこの人は人を教えて導く職業の人だ、人を助ける人なんだ。

「よしよし、おまえは何も悪くない、運が悪かっただけだ。こんなに汚れて……かわいそうに。」

片岡さんは赤ん坊を抱くように、真っ黒く汚れて臭い私を抱きしめた。

「保険のこととかなんでも相談にのるからな。くさいから風呂《ふろ》に入れ。出てきたら俺の作ったピザを食べような。あつあつに焼いて食べような。」

片岡さんの声を、片岡さんの胸を通して聞いた。こもって暖かく響いていた。
私は泣きながらうなずいた。

熱い風呂に入らせてもらったら、自分が考えていた以上に私はすっきりとしてしまった。ぺこぺこのおなかに熱くチーズのとろけたピザがしみるようにおいしく、たくさん食べてしまった。私はまだびっくりしていて何もしゃべれなかったけれど、おいしいとありがとうだけをくり返し言った。赤ワインが脳の疲れをゆるめていくのがわかった。ちょっとしか飲んでいないのに私は真っ赤になり、ふたりを心配させた。私はどんどんゆるんでいって、軽くなっていった。
ただでさえ少ない持ち物がまた減って、いつも心に気がかりだった隣の家の問題も、いつのまにか解決していた。それは最悪の解決法だったけれど、とにかくなくなった。

私が悔やんでいるのは、サボテンのことと、勘はちゃんと働いていたのに、自分の行動がほんのちょっと遅れたということだった。

まだまだ修行だな、と私は思った。きっとあんなに結果を出した楓も、そう思っているに違いなかった。それははたがどう言おうとそれぞれの心が決めたハードルなので、仕方ない。もっと上まで飛べるように日々を生きていくしかない。


さすがに片岡さんに片づけをさせるわけにはいかないので、私は皿を洗いに行った。すっかり落ち着いて、鼻歌まで出てきた。後ろから楓がやってきた。

「雫石、ここに住んで家の管理をしてよ、多分一年間。いつも君が泊まってる部屋を君に貸すから。」

楓はそう言った。

「そんな……家賃払います。」

「払わなくていいから管理して。片岡さんとも相談したんだ。」

楓は言った。

「いやがったんじゃない？」

私は言った。

「いや、弱っているものに優しいから、彼は。君が僕ののこした衣服の匂いをかいだり、日記を読んだりしなければいいって。」

「しないよ、そんなこと。もしもお世話になるとしたら、自分の部屋以外では暮らしませんし、掃除も毎日しますし、郵便の整理も電話の応対もするけど、匂いはかがない。」

「ならいいんじゃないかな。」

楓は言った。

「ちょっと元気になったみたいだね、よかった。」

「なんだかお湯につかったら、すっきりした。」

「サボテンのことは、残念だったね。」

「でも、楓のおかげでずいぶんたくさん残っているし、そして何よりも同じ屋根の下にいた赤ん坊とかおじいさんが死ななかったから。」

私は言った。

人の焼けた匂いと、あの人達のくさい匂いは生涯私の鼻に焼き付いたままだろう。知らなかったことを、知ってしまった。それが成長するということなのか。

「留守中の管理は、ちゃんとしますし、家賃も払いますので、ここにおいてください、よろしくお願いします。明日片岡さんにもちゃんとご挨拶《あいさつ》をします。」

私は言った。

「うん、君がいるなら安心して家をあけられる。」

そう笑って、楓は部屋を出ていった。

今までの私を創っていたものが、その美しい思い出以外はほとんど全部灰になってしまった。山を降りてからの人生のある章がすっかり終わってしまった。慣れ親しんだあの部屋もこの世からなくなってしまった。あの部屋で山から持ってきたきれいな布の座布団《ざぶとん》に座ってアロエの葉越しに見たあの空を、もう二度と見ることはない。

空っぽなところからやりなおしだけれど、健康な体がここに残っている。

第二の人生は今日から本当に始まる、と私は思い、安堵《あんど》感《かん》に柔らかく包まれて、うっとりと眠くなってきた。

これから真一郎くんに電話して、全《すべ》てを話してびっくりさせよう。きっとものすごくびっくりするだろう。そのびっくりを子守唄《こもりうた》の代わりにして、私は眠ろう。今日はもう疲れた。

そして、明日目が覚めたら朝の光の中で、また新しい章が始まるのだ。

この作品は平成十四年八月新潮社より刊行された。

よしもとばなな著

ミルクチャンのような日々、そして妊娠!?
—yoshimotobanana.com2—

突然知らされた私自身の出来事。自分の人生の時間を守るには？　友達の大切さを痛感し、からだの声も聞いた。公式ＨＰ本第二弾！

よしもとばなな著

子供ができました
—yoshimotobanana.com3—

胎児に感動したり、日本に絶望したり。涙と怒りと希望が目まぐるしく入れ替わる日々。心とからだの声でいっぱいの公式ＨＰ本第三弾。

よしもとばなな著

こんにちわ！　赤ちゃん
—yoshimotobanana.com4—

いよいよ予定日が近づいた。つっぱる腹、息切れ、ぎっくり腰。終わってみれば、しゃれにならない立派な難産。涙と感動の第四弾。

よしもとばなな著

赤ちゃんのいる日々
—yoshimotobanana.com5—

子育ては重労働。おっぱいは痛むし、寝不足も続く。仕事には今までの何倍も時間がかかる。でも、これこそが人生だと深く感じる日々。

よしもとばなな著

さようなら、ラブ子
—yoshimotobanana.com6—

わが子は一歳。育児生活にもひと息という頃、身近な人が次々と倒れた。そして、長年連れ添った名犬ラブ子の、最後の日が近づいた。

よしもとばなな著

引っこしはつらいよ
—yoshimotobanana.com7—

難問が押し寄せ忙殺されるなかで、子供は商店街のある街で育てたいと引っ越し計画を実行。四十歳を迎えた著者の真情溢るる日記。

よしもとばなな著

なにもかも二倍

―yoshimotobanana.com 2007―

ハワイの奇跡のような夕陽、ローマで会った憧れの監督……新作小説の完成を目指し、よいことも悪いこともどかんときた一年の記録。

よしもとばなな著

みずうみ

深い傷を心に抱えた中島くんと、ママを亡くした私に、湖畔の一軒家は静かに呼びかける。損なわれた魂の再生を描く奇跡の物語。

よしもとばなな著

はじめてのことがいっぱい

―yoshimotobanana.com 2008

ミコノス、沖縄、ハワイへ。旅の記録とあたたかな人とのふれあいのなかで考えた1年間のあれこれ。改善して進化する日記＋Q&A！

河合隼雄
吉本ばなな著

なるほどの対話

個性的な二人のホンネはとてつもなく面白く、ふかい！　対話の達人と言葉の名手が、自分のこと、若者のこと、仕事のことを語り尽す。

河合隼雄
南伸坊著

心理療法個人授業

人の心は不思議で深遠、謎ばかり。たまに病気になることも……。シンボーさんと少し勉強してみませんか？　楽しいイラスト満載。

河合隼雄
村上春樹著

村上春樹、河合隼雄に会いにいく

アメリカ体験や家族問題、オウム事件と阪神大震災の衝撃などを深く論じながら、ポジティブな新しい生き方を探る長編対談。

王《おう》 国《こく》

その1 アンドロメダ・ハイツ

新潮文庫 よ-18-23

平成二十二年三月一日発行

著者 よしもとばなな
発行者 佐藤隆信
発行所 株式会社 新潮社
郵便番号 一六二―八七一一
東京都新宿区矢来町七一
電話 編集部（〇三）三二六六―五四四〇
読者係（〇三）三二六六―五一一一
http://www.shinchosha.co.jp
価格はカバーに表示してあります。
乱丁・落丁本は、ご面倒ですが小社読者係宛ご送付ください。送料小社負担にてお取替えいたします。

印刷・二光印刷株式会社 製本・加藤製本株式会社

ISBN978-4-10-135934-2 C0193